加護なし令嬢の小さな村
～さあ、領地運営を始めましょう！～

ツェリシナ
加護を持たずに
生まれた、乙女ゲーム
『アースガルズの
乙女』の悪役令嬢。
ガッツ
村人たちからの
信頼が厚い、
村の中心人物。
アントン
村のまとめ役。
アントン爺と
呼ばれる。
トーイ
もふもふの
大型犬のようだが、
実は……？

ソラティーク
アルバラード王国の
王太子でツェリシナの
婚約者。
ヒスイ
元孤児。
ツェリシナのもとで
執事見習い中。
メリア
ソラティークを慕う、
乙女ゲームの
ヒロイン。
さあ、楽しい村作りの
始まりです♪

『きゃあっ！』
「芽が……」
大樹の種を植えてすぐ、
地面から小さな芽が出てきたのだ。

加護なし令嬢の小さな村
～さあ、領地運営を始めましょう！～
ぷにちゃん
illustration. 藻

口絵・本文イラスト
藻

装丁
世古口敦志・前川絵莉子（coil）

Contents

1　神に見放された美しき令嬢

「はぁ……、どの男性《ひと》も微妙だなぁ……」

大きくため息をつき、見ていた身上書と調査書をテーブルの上に投げるように置く。これはいわゆる、お見合い書だ。

独自に調べさせた調査書には、身体データだけでなく、その人物の交友関係や嗜好《しこう》をはじめ……あまり表には出していない内容までも書かれている。

「マザコンに、こっちは子どもが嫌い。それから……うわぁ、ペットや動物の虐殺なんて信じられない、最低」

不機嫌そうに言い放ったのは、貴族の令嬢。

ふわりとした白銀のロングヘアに、ローズピンクの瞳《ひとみ》。

丁寧に編み込まれた髪はサイドへ流し、レースのリボンがそこに花を添える。透明感のあるきめ細やかな肌は、日焼けというものを知らない。

髪飾りと同じレースを基調として作られたドレスは、彼女をより華やかに見せる。そんな令嬢の口から、容姿とは対照的に雑な言葉が発せられていた。

まるで人形のように美しい彼女の名は、ツェリシナ・リンクラート。

前世の記憶を持つ、一六歳の令嬢だ。

テーブルの上にある身上書は、全部で一七枚。すべて貴族の男性ではあるのだが、いかんせんどこかしらに受け入れがたい問題があった。

せめて貧乏……お金がないというだけの相手だったら、喜んで飛びつくのに。貧乏であることが最低条件なのかと言いたくなるくらい、さらに加えて何かある人ばかり。

これはどう考えても好きになれそうにない。

「私だって侯爵家の娘なんだから、政略結婚を否定したりはしないけど……せめて、せめて最低限のラインってもんがあるよねぇ⁉」

不幸確約だけは、嫌だ。

唸《うな》りつつも、もう一度資料に手を伸ばす。

全身の絵、名前、身分、趣味などが記載されている身上書と、こちらで勝手に調べた調査書。残念ながら、書かれている情報が一致している人は一人もいない。

身上書には、見せかけの言葉や嘘《うそ》ばかりが並べられている。

でもやっぱり結婚はしたいし、でも愛がないなんて嫌だし、そもそも好きな人じゃないと嫌――なんて、我儘《わがまま》だったのだろうか。

お見合いから愛が芽生えればいいけれど、愛を育《はぐく》めるような相手にはまったく見えない。

ツェリシナはソファに力なく背中を預け、ぐったりする。侯爵家の令嬢がなんてだらしのない！

そう叱られてしまうかもしれないが、幸い今は誰の目もない。

「どうしようかなぁ～」

そう声をあげたところで、コンコンと部屋にノックが響いた。

「アンナかしら？」

ソファでだらっとしていた姿勢を正して、ツェリシナは入室の許可を出す。返事をして入ってきたのは、予想通り侍女のアンナだった。

清楚《せいそ》な白色のメイドキャップとエプロンにブラウス、シックな黒色のロングスカート。侯爵家の教育が行き届いているため、その動作はどれをとっても洗練されている。

「どうしましたか？　アンナ」

ツェリシナは先ほどまでのくだけた口調を改めて、可憐《かれん》に微笑《ほほえ》んでアンナを見る。

「……最後の身上書と調査書を持ってまいりました」

「ありがとうございます」

アンナは己の持ってきた新しい身上書をツェリシナに渡しながら、困ったように口を開く。

「ツェリシナ様はソラティーク様の婚約者なのですから……このようなものは、ご不要ではありませんか？」

「…………」

「ご命令でしたから資料のご用意はいたしましたが、やはり……」

どうしてお見合い相手を選ぶようなことをしているのかと、アンナは不可解そうにツェリシナを見る。

「戸惑わせてしまって、ごめんなさい」

「いえ……」

身上書を見ていたけれど……実は、ツェリシナには婚約者がいる。しかも相手は、この国の王太子殿下だ。

このまま順調にいけば、ツェリシナとソラティークは時期をみて結婚という流れなのだから何も心配することはない。アンナはそう考えているため、ツェリシナの行動が不思議でしかたないのだ。

ツェリシナは気づかれないように息をついて、言葉をこぼす。

「……でも、近いうちにこの婚約は破棄されるもの」

ぽつりと呟《つぶや》かれた声は小さくて、アンナの耳には届かなかった。


――そう、もうすぐこの婚約は破棄されてしまう。


容姿端麗、民衆からの人気もある婚約者のソラティーク王太子殿下。

彼はゲームのヒロインによって奪われ、ツェリシナはお払い箱になる……予定だ。

まだ実行に移されてはいないけれど、それは絶対訪れる未来だと確信している。そのため、婚約破棄をされた後のことを考えて、お見合いのできる男性を探していたのだ。

アンナは不安そうに瞳を揺らして、ツェリシナへと問いかける。

「ツェリシナ様は、ソラティーク様のことをお慕いしていますよね？」

「……ええ、もちろんです」

「でしたら、なんの問題もないのではないですか？　ソラティーク様は、ツェリシナ様のことをとても大切にされていらっしゃいますもの」

ツェリシナは、アンナの言葉に力なく頷《うなず》く。

「アンナ、新しい紅茶を淹《い》れてもらってもいいですか？」

「……かしこまりました」

侍女が下がるのを見てから、ツェリシナはもう一度だけ机上の書類に視線を送り、すぐに逸《そ》らす。

そして部屋を見回し――ここがまぎれもなく、『悪役令嬢』であるツェリシナ・リンクラートの部屋であることを再確認する。


ローズレッドの赤いカーテンに、花模様のカーペット。

侯爵家であることを示す、白で整えられた高級な調度品。テーブルを挟む形で、ふたり掛けのソファが対に置かれている。寝室は別に用意されていて、その奥には衣装部屋がある。

立ち上がり、バルコニーに続く窓から外を見渡せば、正門まではゆうに三〇〇メートルほどあるだろうか。対称的に造られた薔薇園《ばらえん》と、中央には豪華な噴水。

まさに、悪役令嬢が住むに相応《ふさわ》しい屋敷だ。

この世界――『アースガルズの乙女』は、ツェリシナの前世でとても人気のファンタジー乙女ゲームだった。
ツェリシナは元日本人で、いわゆるゲーマーとして人生を謳歌《おうか》してきたのだが……気づけば、大好きなゲームの世界に転生。

　本来であれば大喜びしたいところなのだが、いかんせん転生してしまったキャラが問題なのだ。


「悪役令嬢、ツェリシナ・リンクラート」


　ツェリシナが前世の記憶を思い出したのは、六歳のとき。

　三日三晩熱にうなされ、残ったのは大好きなソラティークからいずれ婚約破棄され捨てられるという道筋の未来。

　もしかしたら……ヒロインはソラティークルートを選ばないかもしれない。なんて期待も、少しだけした。

「でも、人生そう上手《うま》くはいかない……ってね」

　残念なことに、現在進行中と思われているゲームルートは、この国の王太子であるソラティークルートだ。

　どうしてそれがわかるかといえば、答えは単純明快。

　数日前に開催されたソラティークの誕生パーティーのとき、彼が攻略対象である証《あかし》……ピンクのタイをつけていたからだ。

　ツェリシナはアンナがいなくなったのをいいことに、再び沈み込むようにソファへ背を預けた。

　口調も、丁寧なものから素に戻っている。

「せっかく大好きなキャラ……うぅん。好きな人が婚約者なのに、お別れする未来がくるなんて切ないなぁ……」

けれどその懸念よりも、もっと重要なことがある。

それは、このゲームのエンディング。

ソラティークルートには、ハッピーエンドとバッドエンドの二通りのルートが存在している。それ自体はよくあることなのだけれど、内容が見過ごせるものではない。


一つ目。

ヒロインへのソラティークの好感度が高く、幸せなハッピーエンド。

この場合、悪役令嬢は婚約を破棄され国外追放されてしまう。追放理由は、よくあるヒロインへのいじめだったろうか。

二つ目。

ヒロインへのソラティークの好感度が低い場合、嫉妬《しっと》に駆られた悪役令嬢が二人を毒殺するというバッドエンド。

この場合は、犯人として捕まり処刑されるという結末が待っている。


つまり自分の未来は、国外追放か処刑の二択だ。

どっちも嫌だが、どちらかといえばヒロインとソラティークが仲良くなってハッピーエンドの方がいいだろう。そうすれば、国外追放ですむ。

さすがにツェリシナだって、死にたくはない。しかしそれ以上に、ソラティークが死ぬなんて考えられない。前世から好きなキャラで、今世でも大切な人。

願わくは、どうか幸せになってほしい。

「私が嫉妬して二人を殺すなんて、ないと思うけれど……」

いかんせんここはゲームの世界。

もしかしたら、何かの力が働いてシナリオ通りになってしまう可能性もある。自分の意思と違うところで、体が勝手に動いてしまうかもしれない。

そう考えると、とても恐ろしい。

想像しただけで、背筋がぞっとした。


「大丈夫、大好きなソラティーク様は私がきっと死なせないから！」


だからこそ、ツェリシナは新しい婚約者を探し、ヒロインがソラティークと上手くいくように動くつもりなのだ。

ツェリシナがソラティークと婚約したのは、五歳のとき。

幼く可愛《かわい》らしい二人の婚約を誰もが祝福し、幸せな未来が約束されているかのように見えたのだけれど……現実はそう上手くいかない。

「しかたない。だって、私は幸せを約束されたヒロインじゃなかったんだから」

せめてソラティークだけでも幸せになってほしいと思うのは、きっと自然な感情だろう。

「……まあ、ヒロインが羨《うらや》ましくないと言ったら嘘になるけど」

いや、本当はめちゃくちゃヒロインが羨ましい。

その後、六歳で記憶を思い出し、ツェリシナは現在一六歳。何度、ヒロインじゃないことを嘆いて枕を殴りつけたことか……。

心の整理はできているつもりだったけれど、いざ本当にゲームが始まりソラティークルートになったと思うと……じわりと涙が浮かぶ。

「いやいやいやいや、大丈夫！　ソラティークルートになったらどうするかなんて、ずっと考えてきたじゃない‼」

ツェリシナはぶんぶん頭を振って、泣きそうになった感情を追い払う。

「大丈夫、もうソラティーク様に未練はないもの……！」

そのまま、パン！　と大きな音を立てて頬《ほお》を叩《たた》いて気合を入れる。

「そのために新しい婚約者だって探して……まあ、最低な男しかいなかったから意味はなかったけど……」

大丈夫。

何があったとしても、笑顔でソラティークとヒロインの結婚を祝福しよう。

自分にできる、できる……と暗示のように言い聞かせていると、部屋に再びノックの音が響いた。

ああ、アンナが紅茶を持ってきたのだろう。ツェリシナはそう思って、なんの警戒もせずに「どうぞ」と入室を促す。

するとどうだろう。ひょこりと扉から顔を出したのは、婚約者であるソラティークだった。

「……っ、ソラティーク様、いらっしゃいませ。いらっしゃると伺っていませんでしたから、とても驚きました」

（うわあああぁぁっ、来るなんて聞いてないのにっ‼）

動揺していることを表に出さず、ツェリシナは目を瞬《しばた》かせてソファから立ち上がる。そのままソラティークの前まで行き、淑女の礼をする。

「ああ、突然なのは謝る。今日は、侯爵に急ぎの用があったんだ」

「そうだったのですね、お手数をおかけしてしまい申し訳ございません。昨夜からお母様が体調を崩されてしまい、お父様は登城できなかったのです」

理由を説明すると、ソラティークは「聞いたよ」と微笑んだ。

「ですが、ソラティーク様が自らいらっしゃるなんて……。遠慮なさらず、呼び出してくださっていいのですよ？」

王太子であるソラティークに足を運ばせてしまったことを謝罪すると、そんなことは気にするなと頭を撫《な》でられる。

「あ……っ」

「こうして自分の婚約者に会えるのだから、いいじゃないか。侯爵を呼び出すより、私はこちらの方がいい」

「ソラティーク様……」

優しい笑顔を向けられて、ツェリシナは驚く。

「先日行った私の誕生会は、来てくれてありがとう。やっぱり、ツェリはあの色が似あう」

「贈っていただいた、ベビーピンクのドレスですね」

「ああ。ツェリの瞳《ひとみ》の色とも合って、透き通るようなプラチナの髪とも相性がいいだろう？」

そう言って、ソラティークはツェリシナの髪に指を絡《から》める。さらりと揺れる髪はとてもなめらかで、日頃《ひごろ》からしっかり手入れがされているのがわかる。

とても嬉《うれ》しそうに髪に触れているソラティークを見て、ツェリシナは心の中で思いっきり首を傾《かし》げる。

（あれぇ……？　もうヒロインに攻略され始めてる、よね？）

そのはずなのに、どうして優しい言葉をかけ、笑顔を向け、スキンシップをしてくれるのだろうか。だってもう、自分への興味なんてこれっぽっちもないと思っていた。

今まであれば、まだゲームが開始されていないから婚約者である自分を大切にしてくれているだけだと、そう思うことができたのに。

ゲームが開始したばかりで、ヒロインへの好感度があまり上がっていないからだろうか。

（とすると、徐々にソラティーク様の態度が冷たくなっていくとか？）

……それはそれで嫌だなと、ツェリシナは忘れるように小さく首を振ってソラティークを見る。


ゲームのメイン攻略対象、ソラティーク・リリ・アルバラード。

アルバラード王国の第一王子で、ツェリシナの幼馴染《おさなじ》み。

綺麗《きれい》にセットされた空色の髪は一つに結び、肩から前に流している。強い意志を秘めている深い青色の瞳。ターコイズブルーを基調とした衣装に、鮮やかな朱色のタイ。

整った顔立ちはまさに王子様そのもので、さすがは乙女ゲームのメイン攻略対象者だと納得できる。普段見せてくれる優しい笑顔がツェリシナは大好きだけれど、きっとそれはもうすぐヒロインにだけ向けられるようになるのだろう。

今はまだ婚約者だが、婚約者の部分に『元』がつくのもそう遠くない未来のはずだ。


ソラティークはツェリシナの視線に気づいたようで、「ん？」と笑う。

（ああもう、格好《かっこ》いいなぁ……！）

自分に向けられた視線に心の中で叫び、ツェリシナは「なんでもありません」と微笑《ほほえ》み返す。

もう自分と結ばれることはないのだから、いっそこれからは鑑賞対象として考えよう。そうすれば、平穏を保っていられるかもしれない。心が。

「いけない……お茶の用意もまだでしたね。もうすぐアンナが来ると思いますので、ソファに座って――」

ツェリシナはソラティークをソファへ促そうとして、ハッとする。テーブルの上には、お見合い用の資料が出しっぱなしだ。

たとえソラティークがツェリシナとの婚約破棄を考えようとしているとしても、見て気分のいいものではないだろう。

（やばい、どうにかして片付けないと……）

ささっと表面の内容が見えないように集めようとしてみたのだが、すぐにソラティークが怪訝《けげん》そうに視線を向けてきた。

「ツェリ、それは？」

「ええと……ソラティーク様には関係のない、領地の資料です」

とっさに誤魔化すけれど、ソラティークにそんな嘘《うそ》は通じない。「気になさらないでください」と微笑んでみたが、無言で手を差し出されてしまった。

(あ、よこせっていうことですね)

王太子である彼の機嫌を損ねてしまうのはよろしくない。しかし、お見合い男性を物色していた証拠を渡すのはもっとよろしくない。

「その、個人的にわたくしが勉強しているだけでして……拙《つたな》いメモ書きなどもあって、お見せするのが恥ずかしいのです」

だからどうか見ないでくださいと、どうにかかき集めた資料を後ろ手で隠す。

(どうしよう)

作り笑いを浮かべていたツェリシナだが、低い声が耳に届く。

「ツェリ」

(ひえっ、声がイイ……)

ではなく。

「……………わかりました」

有無を言わさぬ気配が、ツェリシナに逆らうという選択肢を与えなかった。観念して、後ろ手に持っていた身上書と調査書を渡す。

ソラティークはまとめた書類一式に目を通し、パラパラとめくっていく。すると笑顔だった表情がどんどんと抜け落ち、最終的に無表情になった。

「わ、わたくし……アンナの様子を見てきますね。すぐ、紅茶を――」

「ツェリ」

「はっ、はい……」

ここは退室してしまった方がいいと考えたが、逃がしてもらえるわけもなく。

「これが領地の資料？　私には、見合い用の身上書と調査書にしか見えないが？」

「え……っと……そう、ですね」

「そうですね？」

素直に頷《うなず》くと、トゲトゲしい言葉がソラティークから返ってくる。いったい何を考えているのか理解できないと、青色の瞳が告げている。

「ツェリ、お前には婚約者がいたように思うが？」

ついこの間も、誕生会でエスコートの相手を務めたはずだったな？　と、問いかけられる。

忘れるはずもない。ベビーピンクのドレスを贈られ、迎えに来てくれて、一緒に入場しダンスだって踊ったのだから。

ツェリシナは顔を逸《そ》らし、視線を泳がせながら口を開く。

「はい……今は、ソラティーク様がわたくしの婚約者です」

「今は？」

「……あ」

しまった、言葉選びを間違えた。

すぐに両手で自分の口を塞《ふさ》いでみるが、言ってしまったあとではそれも無意味だ。そっと目線を

下に向け、どうすればいいのだろうかと考える。

しかしそれより先にソラティークが書類を叩きつけるようにして、テーブルに置いた。瞳を見ると、怒りが込み上げていることがわかる。

「なんだ、ツェリはこういった男が好みだったのか？」

マザコン男を指さされ、ツェリシナはとっさに首を振る。

「なら、この男か？　歳《とし》は五〇、ツェリは一六だから、親子以上も歳が離れているが？」

「いいえ、けしてそういうわけでは……」

婚約を破棄したいのは、自分ではなくソラティークなのに。そんなに厳しく追及するようなことをしなくてもいいじゃないと、ツェリシナは思う。

婚約破棄をされて捨てられてしまってから行動に移すのは、とても大変だ。あなたに捨てられたあとに、みじめに好きでもない、身上書のような男性と結婚しろというのだろうか。

（私だって、幸せになりたい）

けれどストレートに、ほかに好きな令嬢がいらっしゃいますよね？　なんて聞けるわけがない。

（でも、ソラティーク様にしてみれば都合のいい展開じゃない？）

ヒロインと結婚したいから、婚約破棄をしたいと考えているであろうソラティーク。

どうせなら早めに婚約を破棄し、お見合いをして新しい婚約者を決めてしまいたいツェリシナ。

ツェリシナが新しい婚約者を求めるのは、侯爵家の令嬢である外聞と、別の令嬢と結婚するであろうソラティークに心配をかけさせないための配慮であることが大きい。

さすがに、婚約破棄した女性が誰とも結婚できずに不幸な生涯を送る……では、ソラティークも寝覚めが悪いだろう。

（やっぱりイベントでもないと、婚約破棄って難しいんだなぁ……）

なかなか婚約を破棄してくれないソラティークに、ツェリシナはなぜだろうかと考える。

――必要なのは、ソラティークが婚約破棄をするための理由。

さすがに、王太子であるソラティークに好きな令嬢ができてしまったから……という理由は、よろしくないだろう。周囲が困惑する姿が目に浮かぶ。

（かといって、私から王太子であるソラティーク様に婚約の破棄を申し込むこともできない）

よっぽどの理由があれば別かもしれないけれど、王族に対し一貴族が要望を断ったり解消の申し出を行う……ということはない。

得た加護が微妙だったから婚約を解消しましょう、なんて。それで上手《うま》くまとまってしまえば、幼いころからの婚約なんて無意味だ。ツェリシナは侯爵家の娘で、ヒロインは伯爵家の令嬢だったはずだから、なおさら上手くはいかないだろう。

でも、ツェリシナ側には幸いなことに丁度いい婚約破棄の理由がある。

それは、ツェリシナが悪役令嬢である根拠にもなるものだ。

「私がいるのに、なぜほかの男を探す？」

「……わたくしは、神々はおろか精霊の加護も得られていない半端者にございます。軍神テュールの加護を持つソラティーク様には、相応《ふさわ》しくありません」

「ツェリは、まだそんなことを気にしていたのか……？」

この世界では、誰しもが生まれたときに神々ないし精霊から祝福の加護を得る。例外はないはずなのに——ツェリシナは、唯一の例外だった。

神に見放された美しき悪役令嬢、それがツェリシナだ。

この世界……アースガルズは世界の中心に大神殿があり、その周囲に五つの国とそれぞれ小神殿がある。人々は六歳になると神殿で祈り、生まれたときに授かった加護を知るのだ。

一般的なのは、四大精霊からの加護。

水の精霊ウンディーネ、火の精霊サラマンダー、風の精霊シルフ、土の精霊ノーム。

稀少《きしょう》なのは、精霊よりも上の存在である神々からの加護。

太陽の神ソール、月の神マーニがその中でもよく耳にする神で、この二柱のみ複数の人に加護を与えている。

さらに珍しいのは、その他《ほか》の神からの祝福だ。

たとえば……ヒロインが加護を得ている豊穣神《ほうじょうしん》フレイや、賢者の神ミーミル、軍神テュール。

彼らが加護を与えることは稀《まれ》で、歴史上でも数人程度しか確認されていない。その世代につき一人しか加護を得られない制約があるのかもしれない。

ソラティークを加護する軍神テュールも、歴代の王の中に数人程度しか記録が残っていない。それだけ珍しく、稀少な加護なのだ。

加護を得ることにより、自身の潜在能力が開花し成長しやすくなる。

たとえば土の精霊ノームの加護を得ているのであれば、庭師など土関係の能力が高くなる。そういった点を考慮し、将来の職業を決める人も少なくはない。

加護は基本的に、すべての人に与えられる。

与えられる、はずなのだが……。


「……精霊からすらも加護をいただけていないのは、きっとこの世界のどこを探してもわたくしだけでしょう」


加護の種類は、体のどこかに現れる『祝福の印』で見分けることができる。

神殿で儀式を行うと浮かび上がる祝福の印を見て、自分が誰に加護をもらったのか知ることができるのだ。印が現れる場所は、手の甲、背中、腹部、太ももと、多岐に及ぶ。

ツェリシナも、わかりにくいところに印があるだけかもしれないと――全身くまなく探したが、残念ながら見つけることはできなかった。

加護のない人間なんて気持ち悪いと、捨てられなかっただけツェリシナはまだ幸運だったのかもしれない。

（世界からすら嫌われた悪役令嬢……か）

役柄としてはお似合いかもしれないけれど、いざ実際に自分がその立場になるとまったく楽しくないし惨めだ。

ツェリシナの言葉を聞いて、ソラティークはぎりっと唇を噛《か》みしめた。

ソラティークの印は、剣を持つ右手の甲に刻まれている。彼はそこに視線を落とし、悲哀の表情を浮かべてツェリシナを見た。

「私は、加護の有無でツェリを選んだわけではない。それはずっと、言ってきただろう……？」

「……はい。ソラティーク様の優しさは、もちろん存じ上げています」

「なら……っ！」

どうしてそんなことを言うのだと、ソラティークはツェリシナを抱きよせる。どうかそんな寂しいことを言わないでくれ、と。

ツェリシナは速くなる鼓動を聞きながらも、頭はどこか冷静になっていくのを感じた。

今はこうして自分のことを大切にしてくれているけれど、きっとすぐその心はヒロインに向いてしまうのだ。

何も言葉を返さないツェリシナに対し、ソラティークは小さく息をつく。

「加護がなくとも……私が護《まも》るからいい」

「……え？」

頭上から降ってきた言葉を聞いて、ツェリシナは思わず顔を上げてソラティークを見る。しかし聞き取れず首を傾《かし》げて、じっと視線を送る。

「ソラティーク様……？」

「いや、なんでもない。とりあえず、ツェリが新しい婚約者候補を探す必要はない」

「ですが……」

「私の婚約者が、そのようなことをするな」

「あ……っ、申し訳、ございません……」

ソラティークの言葉を聞き、ハッとする。

（そうだよね、まだ婚約を破棄していないのにこんなことをしてるのがばれたらいけない）

あっという間に不仲説や悪い噂《うわさ》が国を駆け巡るかもしれないと考え、ツェリシナは素直に謝罪する。王太子である彼に、マイナスのイメージがつくのはよくない。

（やっぱり婚約者を探すのは、ちゃんと婚約破棄されてからにしよう）

頷いたツェリシナを見て、ソラティークはほっと息をつく。

両者の思考の方向が若干ずれていることには、まだお互いに気づいていなかった。

＊＊＊

ソラティークが帰ったあと、ツェリシナは考え事をしていた。もちろん、このゲームと、ソラティークのことについてだ。

やるべきことはたくさんあるので、いくら時間があっても足りない。

しかし新しい婚約者候補を探すことは、現婚約者であるソラティークに禁止されてしまった。それでなくても、ツェリシナの結婚相手を見つけることはなかなかに難しいのに……。

「……加護なしの私と結婚してくれる人なんて、そういないもんね」

ソファにぐでっとしながら、うーんと考える。

「ソラティーク様は今、ヒロインとどうなってるんだろう」

ツェリシナと違い、豊穣の神フレイの加護を授かっているヒロインの伯爵令嬢。国が実り栄えるといわれているその印は、きっと王妃に相応しいものだろう。

「……まぁ、望んだって私が加護を得られるわけじゃないし」

婚約が破棄されることに関しては覚悟を決めたけれど、やっぱりその後みじめに生きるのはまっぴらごめんだ。

ゆえに、独立できるようにしていかなければならない。

確かにそう考えると、今は婚約者候補を探している場合ではないかもしれない。


となると……まずするべきことは、このゲームの醍醐味《だいごみ》でもある領地運営システムだ。

本編に関《かか》わることといえば、大樹を育てて攻略キャラとのイベントが進むこと。本来であれば、それだけを行えばゲームクリアはできる。

が、しかし……それ以上の楽しさがこのシステムに詰まっていた。自分の領地を持ち、大樹を育て、村や町を発展させていくやり込み要素満点の町作りゲームなのだ。

これはゲームのサブシステム的な立ち位置にあるのだが、そういった理由により、本編をそっちのけで領地運営をするプレイヤーが出てきたほどだった。

実をいうと、前世のツェリシナもその一人だったりする。

すぐさまシステムを稼働できればいいのだが、ツェリシナは自分の領地を持っていないので領地を手に入れるところから始めなければいけない。

領地は、領主の有する加護によって豊かになるといわれている。

ツェリシナの父は太陽の神ソールの加護を受けているため、安定した気候といった恩恵を受けている。

「あれ？　もしかして、私が領地を手に入れたら悲惨なことになるんじゃ……」

加護がない自分では、日照りや巨大竜巻、魔物の侵略など最悪なことばかり起きるのではないかと脳裏に浮かぶ。それはいただけないが、かといって現状このままというわけにもいかない。

どうしようかと考えて、とある名案を思いつく。


「お父様の領地を借りればいいんだ！」


代行であったとしても、領主としての権限を持つことができればシステムを起動させることができるはずだ。

そうすれば、父親の加護を受けつつ領地運営をすることができる。我《われ》ながらナイスアイデアだと、手を叩《たた》く。

領民に不自由な思いをさせたいとは思わない。ツェリシナが幸せに、そしてひっそり老後を暮らしていければそれでいい。

「国外追放されたら、意味がなくなっちゃうかもしれないけど……」

まあ、もし国外に行ったとしても、領地運営の知識がある分には問題はない。今後の自分のために、いろいろ知っておくのはいいことだろう。

もしかしたら、追放先で運営知識を生かした仕事に就くことだってできるかもしれない。そう考えると、俄然《がぜん》やる気が出てくるというもの。

とはいえ、すぐに領地を貸してと言っても父親がすんなり頷《うなず》いてくれるとは思えない。

まずは父親の領地をこっそり視察しよう。そう考えたツェリシナは、侍女のアンナを伴い馬車で領地まで出かけることにした。


加護なしと蔑《さげす》まれるツェリシナは、めったなことでは家を出ない。

自分が外出することで、ほかの貴族に会って何か言われてしまうのも嫌だし……それより、加護のないツェリシナが外へ出て家に恥をかかせてしまうことが嫌だった。

今回のことも、アンナがとても驚いたくらいだ。馬車の窓から外を眺めると、楽しそうに買い物をする恋人たちの姿が視界に入る。

思い浮かぶのは、ゲームのシナリオのことだ。

(そういえば、デートで親密度をあげるんだっけ)

いわゆるお忍びデートイベントというのがある。

眼鏡をかけるだけという、ちょっとした変装をして王太子であるソラティークと伯爵令嬢であるヒロインが街へ行くのだ。

普通に考えたらとんでもないけれど、さすがはゲーム、身分がばれたりすることはない。

(まぁ、今はゲームじゃなくて現実だし……そんなことあるわけ――って、いた!)

馬車の窓から眺めた先、丁度装飾品のお店から出てきた、眼鏡をかけた二人組。ヒロインはまだしも、自分の婚約者であるソラティークをツェリシナが見間違えるはずがない。

まさか本当にあんなちゃっちい変装でデートをしているとは思わなかったから驚きだ。

ヒロインである伯爵令嬢は、愛らしい桃のようなピンクの髪色と、黄緑色の瞳《ひとみ》。お忍びのため、豪華なドレスではなく裕福な平民が着るようなワンピースとブーツ姿だ。

ソラティークの隣で幸せそうに微笑《ほほえ》んでいて、彼のことが好きなのだとすぐにわかった。

「………」

さて、ここはどう対応するのがいいのだろうか。


その一、声をかけて何をしているんだと問い詰める。

その二、ソラティークの変装に気づかないふりをして自分もお店に入る。

その三、見なかったことにする。


（その三、かな）

ツェリシナは見なかったことにした。

ここで下手にデートの邪魔をして、バッドエンドになってソラティークが死んでしまうなんてことになったら自分を許せそうにない。

「あれは……ソラティーク殿下？」

ツェリシナの視線を追ったのか、一緒に乗っていたアンナも変装した人物の名を当てた。

やっぱりバレバレだとため息をつき、ツェリシナは「気にしないで行きましょう」とアンナに苦笑する。けれども、彼女にとってはそう簡単にスルーできる問題ではなかった。

自分の主《あるじ》であるお嬢様が、婚約者にないがしろにされているのだ。ここで声をかけないのは問題ないが、すぐに父である侯爵に伝えるべきではないのかと考えているのだろう。

「いいんです。お父様にはお伝えしないでくださいね」

「ですが、ツェリシナ様という婚約者が――あ、だから身上書を……」

「………」

彼女に身上書を頼んだのは失敗だった。婚約が破棄されるという事実を知っているのは、このゲームのことを知っている自分だけ。変に父親に伝わりませんようにと、再度くぎを刺す。

まぁ、間違っている……というわけでもないので、肯定も否定もせずにツェリシナはソラティークから視線を逸《そ》らした。

仮にまだ恋人同士でないとしても、きっとすぐ恋人になるだろうから。

「ツェリシナ様にもお考えがあるのですね。それなら、わたくしもこの件に関しては何も言いません。ですが、お一人で抱え込むことはせずにいつでもご相談くださいませ。旦那《だんな》様も、きっと心配されますから……」

「ええ、ありがとうございます。何かあれば、相談しますね」

しばらくは町の視察や、領地運営の準備などが多くなる。おのずと手伝ってもらいたいことも増えるだろうから、そのときに相談すればいい。

(でも、さすがに自分の婚約者が他人といるのは面白くないかも)

もともと、ソラティークがヒロインの相手になる可能性はとても高かった。それはメイン攻略対象という理由があり、ほかの攻略対象の三人はサブという位置づけになっているからだ。

一度は逸らした視線を戻すと、二人は次に花屋を見ていた。どうやらソラティークはヒロインにプレゼントするらしく、店員が花束を作っているのが目に入る。

ツェリシナもよくソラティークに花束をもらったことを思い出し、まじまじと作っているものを見てしまう。

色とりどりのチューリップに、ガーベラ。小さな白い花もそえられており、とても可愛《かわい》らしい仕上がりになっていた。

ふと、いつも自分に贈られる花は薔薇《ばら》一種類だけだったなと思い出す。

(……やっぱり、ヒロインに贈る花束だから特別なんだ)

ツェリシナは花や植物が好きなため、薔薇はもちろんだが、欲を言えばほかの花もほしかった。

「あまりデートの様子を覗《のぞ》き見《み》するのはよくないですね。カーテンを閉めてください」

「かしこまりました」

それに、侯爵家の馬車は装飾も立派なため目立つ。もしかしたら、ソラティークもツェリシナの存在に気づいてしまうかもしれない。

一度もこちらを見ていないので大丈夫だろうとは思うけれど、互いに気づいていないというのが一番いいのだ。

「お父様の領地に着くまで数時間、わたくしは少し休みますね」

「ひざかけをご用意いたしますね」

「ありがとうございます」

柔らかなひざかけを膝《ひざ》に載せて、なんとなくクッションを抱きしめる。

「でも、町を出たら整備されていない道もあって眠れないかもしれないですね……」

「そうかもしれませんね。ツェリシナ様はあまりお出かけにならないので、馬車の揺れにも不慣れでいらっしゃいますから」

そう言われ、クッションをもう一つ追加される。

これなら多少の揺れも大丈夫だろうと、ツェリシナは目を閉じた。

閑話　可愛い私の婚約者　――ソラティーク・リリ・アルバラード

静かな執務室には、書類にペンを走らせる音だけが響く。

普段であれば側近の文官が二人いるが、今は両者ともほかの用事があるため席を外している。扉の外に護衛の騎士がいるだけだ。

それもあってか、どうにも気が緩んでしまう。仕事の合間に考えてしまうことといえば、自分の婚約者――ツェリのこと。

「私の贈ったドレス……似合っていたな」

つい先日、私の一七歳の誕生会が王城で開かれた。その際、いつものようにツェリをエスコートしたのだが……とてつもなく可愛かったのだ。

もちろんいつも可愛いのだが、私の誕生日ということもあり気合が入っていたのだろう。普段とは違う髪型や少し大人びた化粧が堪《たま》らなく愛《いと》おしいと思えた。

「ああ……考えていたら無性に会いたくなってきた」

仕事が終わったら、デートへ誘う手紙でも書いて届けるのがいいかもしれない。でも、ツェリは外へ出かけるのを嫌うから……料理人に甘いものを作らせて、部屋でゆっくりするのもいい。

そう考えると、仕事の進みも速くなるというもの！　どんどん書類を処理していくと、ふいに一枚の決裁書で手が止まった。

「リンクラート侯爵が進めている事業か」

彼が進めているのは、王都を中心とした道の整備だ。範囲が広く、費用も、人材も、時間もかかる。優先すべきは各町から小神殿へ行くルートなので、単なる領地間については未整備が多い。

「……ああでも、小神殿へのルートはほとんど終わっているのか」

あとは各町や村への整備だけだが、それも大変だろう。

「侯爵の出張が増えたら、ツェリが寂しがるだろうな……」

とはいえ、優秀なリンクラート侯爵にだから任せられる案件で、ほかの人間には荷が重いだろう。

同時に、人手を増やすという相談を受けていたことを思い出す。

「よさそうな者を何人かリストアップはしてあるから、これを侯爵に渡しに行くか」

侯爵が知らない人物については、説明をした方がいいだろう。私は書類とペンを置いて、執務室を後にした。


リンクラート侯爵の執務室へ向かう途中、廊下で二人の貴族の令嬢に声をかけられた。

「ソラティーク殿下、ごきげんよう」

「このように偶然お会いできて嬉《うれ》しいですわ」

「ああ……いらしていたのですね。どうぞゆっくりなさっていってください」

侯爵家の令嬢と、伯爵家の令嬢で、夜会などことあるごとに話しかけてくる二人だ。社交辞令を返しそのまま先を急ごうとしたのだが、どうにも会話をしたいらしい。

引き留められてしまった。

「ソラティーク殿下、先日の夜会はとても楽しかったですわ。ぜひ、次はわたくしとも一緒に踊っていただきたいものです」

「ありがとうございます。ですが、私の婚約者のツェリシナは夜会に不慣れでして……あまり一人にすると不安にさせてしまいますから」

やんわり断りを入れると、侯爵令嬢は困ったように首を傾《かし》げた。

「ですが……ツェリシナ様はご加護をお持ちではないでしょう？　わたくし、儀式前からの婚約をずっと守られているソラティーク殿下が心配なのです」

「ソラティーク殿下はお優しいから、幼いころの婚約の約束を破ることができないんですわ」

「まぁ……そうね。とても責任感がお強いですもの」

——ああ、またこの手の話か。

うんざりするなと、内心で舌打ちする。

彼女たちはつまるところ、加護のないツェリシナが次期王妃なんてとんでもない、加護を持つ侯爵家の娘である自分の方が相応《ふさわ》しい……そう言いたいのだろう。

仕方なく顔に笑顔を貼りつけて、令嬢たちに告げる。

「たとえ加護がなくとも、私にとっては大切な婚約者です。……ああ、だから私は彼女を守れるようにと、軍神テュールが加護をくださったのかもしれませんね」

「……っ！」

右手の甲に触れてツェリを思い浮かべると無意識のうちに笑みが浮かび、令嬢たちへの怒りも自然と薄れていく。

ツェリがあまり外出しないことは残念だが……こういうことがあると、やはり屋敷にいた方が安心だなとつくづく思う。

「仕事の途中ですので、失礼します」

「え、ええ……。お忙しいのにお引き留めしてしまい、申し訳ございません」

彼女たちが頭を下げるのと同時に、私は歩き出した。

＊＊＊

綺麗《きれい》に整備された道を、二頭の馬が引く馬車がゆっくりと走る。私は馬車の窓から外の景色を見て、ふうと一つ息をついた。

まさかリンクラート侯爵が登城していないとは、考えてもみなかった。つい先ほど執務室に行った際、彼の文官から今日は休みだと告げられた。

今日の分の仕事に関しては、屋敷で少し進める予定だという。それなら訪問しても問題はないだろうと、前触れを出して向かっている最中だ。

「奥方が体調不良では、心配だろうな……」

ツェリの母でもあるのだから、婚約者の自分がお見舞いに伺ってもいいだろう。そう考え、馬車にはフルーツの入った籠《かご》も一緒に載せてある。

それに……ツェリにも会える。

思わずにやけてしまう顔に、いけないいと首を振る。ツェリの前では、格好よく、冷静にしていなければ。愛想をつかされてはたまらないからな。

「前触れは出したが、ツェリに会うとは言っていないから……きっと驚くだろうな」

普段、ツェリはそこまで表情を変えることはしない。そのため、こういったちょっとしたことで変化するのを見るのはとても楽しい。

スーツの内ポケットから懐中時計を出して確認すると、あと一〇分もすれば着きそうだった。早くツェリに会いたくて、はやる気持ちを抑えるのが大変だ。

そんな風に浮かれていた私は、まさか会いにいった先で身上書《あんなもの》を目にすることになろうとは——

このときは夢にも思ってはいなかった。

2　執事見習いと神獣

ツェリシナが転生した乙女ゲームの世界は、その名前を『アースガルズ』という。世界の中心に大神殿があり、それをぐるりと囲む形で五つの国がある。

そのうちの一つが、大神殿から東にありツェリシナが暮らす『アルバラード王国』だ。

アルバラードは国の中央に王城と小神殿があり、そこを王都としている。そこから北西の位置に、ツェリシナの父ベイセルが治めているリンクラート領がある。

リンクラート領に屋敷があるのだが、仕事の関係で王都にある別邸で一年のほとんどを過ごしている。そのため、ツェリシナもほとんど王都から出たことはない。

しかしどの領地も王都と隣接しており、普段暮らしている別邸の屋敷から領地の本邸までは馬車を使って四時間ほどで行くことができる。

＊＊＊

狭い馬車の中、がたがた揺れながら四時間。ツェリシナは、リンクラート領にある『ハルミル』という町へやってきた。

さすがに長時間の馬車の旅は不慣れもあって辛《つら》かったけれど、到着すればそんな疲れも吹っ飛んでしまう。馬車に乗ったまま町の中を進み、窓から外を見る。

「ここがお父様の領地ですね」

「はい。ツェリシナ様が小さなころに来て以来ですので、一〇年ぶりくらいではありませんか？」

「……そうですね。わたくしは、あまり屋敷から出ませんでしたから」

小さなころは、元気な子どもだったと思う。

けれど、加護を得られていなかったことと、悪役令嬢だということもあって、ツェリシナは屋敷へ引きこもりがちになってしまった。

出来損ないの子どもが外に出て何か言われたらと、両親への気遣いも少しはあったかもしれない。せめてもと、勉強する時間を増やしたりしていた。加護がない分、何かほかの部分で補えたらと考えたのだ。

それも、もしソラティークとこのまま結婚をしたときのため。彼の負担にならないよう、様々な知識を蓄えておこう――と。

……まあ、そんな必要もなくなってしまったけれど。今は処刑ルートを回避し、自立するために動くと決めた。

（……っと、それよりも領地を見なきゃ）

ネガティブなことは置いといて、今はポジティブに考えなければ！　と、ツェリシナは気持ちを改める。

リンクラート領の首都、ハルミルの町。

侯爵である父が治めているだけあって、町は清潔で活気にあふれていた。赤レンガを取り入れた建築物が多く、温かみがある町並みはとても過ごしやすいだろう。

道中とは違い、道もしっかり舗装されているため馬車も快適だ。並行して花が植えられた大通りはひときわ賑《にぎ》やかで、楽しそうに買い物をする人々が目に入る。


いい領地だなと、ツェリシナは思う。

「さすがはお父様の領地です。もっと早く、こうして見にくればよかったです」

「これからたくさんご覧になればいいのです。さあツェリシナ様、着きましたから馬車を降りましょう」

「はい」

馬車が停《と》まったのは、大通りに面した貸し馬車屋にある停車スペースだ。料金を支払うことで、そこに馬車を置いておくことができる。

御者を残して、ツェリシナはアンナと二人で町を歩く。

ツェリシナはきょろきょろ周囲を見回して、久しぶりの外出に胸を弾ませる。今まで引き込もっていたけれど、別に外へ出るのが嫌いだったわけではない。

(可愛《かわい》い雑貨やドレスがいっぱい！　ウィンドウショッピングなんて、前世以来だからドキドキしちゃうっ！)

表面上は冷静にしているツェリシナだが、本当なら鼻歌でも口ずさみたいくらいに浮かれていた。

これからは外出する時間を増やしていく予定なので、買い物などをする機会もぐっと増えるだろう。というわけで、今日はまず目的のものを見ることにした。

「アンナ、まずはお父様の大樹を見たいです」

「はい。こちらですよ」


――大樹。

正式名称を『祝福の大樹』といい、領主が自分の土地に植える加護の木だ。この世界でもっとも大切なものの一つと言われ、乙女ゲームの要《かなめ》といえるシステムでもある。

大樹は領主の加護により育ち、その成長具合で領地の発展ぶりが判断される。

領主の力が優れていれば優れているほどその木は大きくなり、花を咲かせ果実を実らせ領地へ恩恵をもたらすのだ。その具体的な例としてあげられるのは、豊作であるとか、魔物の発生が減少する……などだろうか。


加護の力によってかなり成長差があるらしいが、あいにく見比べたことがないのでツェリシナに判断はできない。

（ゲームでは、大樹を成長させるとイベントが起きるのよね）

ツェリシナも成長させるため躍起になったのを覚えているが、今では懐かしい思い出だ。

大樹は自分で苗から植えるので、好きな場所に根を張らせることができる。

ツェリシナの父親は、その場所に町の中心を選んでいた。町の端からでも大樹を確認することができるいい場所だ。

それは住む人々にとって、とても安心できる。

もし大樹が枯れるなんてことになれば、領主に何か問題があったというようなもの。過去には、すぐに逃げる準備をし、一晩でほとんどの領民がいなくなった――なんて、昔話もあるほどだ。


五分ほど歩き、大樹の下に辿《たど》り着《つ》く。

その背丈はゆうに一〇メートルを超えるだろうか。力強い幹に、青々とした大きな葉。まるでこの町を包み込んでいるようだとツェリシナは思う。

大樹の周囲は広場になっていて、設置されたベンチで休むこともできるようになっている。

「わ……」

力強く茂る葉に、ツェリシナは感嘆の声をもらす。さすがは神に加護をもらったお父様の大樹だと、娘である自分もどこか誇らしくなる。

「……素敵」

「とても立派ですね。この大樹が、領地の人たちを守ってくれているのですね」

本当は近くに行って触れてみたいけれど、神聖な大樹にそのようなことはできないし、そんなことをしたら町の人たちを驚かせてしまうだろう。

ツェリシナはじっと見つめて、自分も大樹を持ちたかったなと寂しい気持ちになる。ヒロインであれば、ゲームを進めて行くと王様から大樹の苗木をもらうことができるのに。

（私は悪役令嬢、高望みなんてしませんよーだ。……悔しいけど。それに、加護のない私じゃ大樹を育てることなんてできないだろうし）

だから大樹のことは父親に任せるのだ。ツェリシナは自分の得意分野を頑張って、大樹は父親に外注しているという心づもりにしておけばいい。

ツェリシナはひとしきり大樹を眺めてから、アンナに声をかける。

「少し散歩をしてから、カフェに行ってみたいのですが……いいですか？」

「もちろんです。ツェリシナ様はずっと屋敷に籠《こも》り切りでしたからね、いろいろなところへ行きましょう。ご案内いたしますから」

町のことをまったく知らないので、優秀な侍女には頭が上がらない。

「行きましょう」

「はい。まずは素敵なアクセサリー店はどうですか？」

「まあ、それはいいですね。よろしくお願いしま――きゃっ！」

「うわぁっ‼」

ツェリシナがウキウキした気分で歩き出すと、小さな子どもが勢いよくぶつかってきた。互いに倒れ込んで、その場に尻《しり》もちをついてしまう。

「ツェリシナ様！」

「いたた……あぁ、ごめんなさい、大丈夫ですか？」

アンナに手を借りてから起き上がり、ぶつかった子どもに視線を向ける。深く帽子をかぶり、つぎはぎの服を着ていて裕福でないことが一目でわかる。

子どもはツェリシナに視線を向けることなく、すぐに立ち上がりその場から駆けていってしまった。

「あら……」

「なんて礼儀知らずな……。大丈夫ですか？」

「ええ、なんともないですよ。子どもだって、わたくしのような者がいたら驚いてしまいます。あまり気にしないでくださいね」

怪我《けが》をしているわけでもないので、大事にするつもりは毛頭ない。

（もしかして、汚れた服を弁償させられると思ったのかな？）

そうであれば、逃げてしまったことも致し方ない。子どもはおろか、きっと親にも弁償する余裕はないだろうから。

（あれ？）

そしてはたと、気づく。鞄《かばん》やポケットを確認してみるが、勘違いではないようだ。

「お財布がないです……！」

「本当ですか⁉　もしかして、さっきの子どもが？」

「どうしましょう……あの財布には、ソラティーク様からいただいた栞《しおり》が入っているんです」

お金ならばどうにでもなるが、破棄される予定とはいえ婚約者から――しかも王太子からの贈り物を盗まれたままにしておくことはできない。

「それに、あの栞はソラティーク様が初めて手作りして贈ってくれたものなんです」

「まぁ……」

先ほど浮気現場を見たばかりだというのに、自分の主《あるじ》はなんて心優しいのだろうとアンナは思う。

（作ったとき、すっごく自慢されたから……なくしたって言ったら怒られそう）

いや、間違いなく怒られる。断言してもいいだろう。

そんな面倒くさい展開になるのは嫌だなと、ツェリシナは財布を取り返す決意をする。けれど、あいにく地理にも詳しくないいし、体力があるわけでもない。

さてどうしようかと考えたところで――背後から「取り返してやるよ」という声がした。

「え？」

そこにいたのは、ツェリシナより少し背の低い男の子だった。

くすんだ茶色の髪に、綺麗《きれい》な翡翠《ひすい》の瞳《ひとみ》。つぎはぎだらけの服を着ているので、先ほどの子どもと似たような境遇だろう。

「どうする？」

「そうですね……」

（お財布を盗んだ子を、知ってたりするのかな？）

もしかしたら共犯かもしれない。もしくは、多大な謝礼を請求をされるのかもしれないと考える。

（でも、背に腹は代えられないか）

ソラティークが不機嫌になることを回避するためならば、安いものだ。

「お願いします。……何か条件はありますか？」

「助けてほしい奴がいるんだ」

「！　わかりました、わたくしにできることでしたら協力させていただきます」

てっきり金銭を要求されると思っていたので、ツェリシナは驚いた。家族、友達……どういった相手かはわからないけれど、優しい子なのだろう。

もし、この取引が成立しなかったらどうするつもりだったのか——そう考えるが、すぐに思考を放棄する。考えても、いい結果なんて出ないのだから。

すぐに取り返してくるからここで待ってろと告げて、男の子は駆けていってしまった。

「……あの子、盗んだ子どもの居場所を知っていそうですね」

「そうですね。一見いい町ですけど……日陰の部分もあるんですね」

「悪いものすべてをなくすのは、とても大変ですから。お金も、時間も、労力も……」

あまり見たい部分ではなかったけれど、知っていかなければいけない事柄だとツェリシナは思う。

そして同時に、今まで知らなかった自分を恥じた。


それから一時間ほどで、先ほどの少年が戻ってきた。

ツェリシナの財布をその手に持って。

少し呼吸が乱れて汗もかいているので、必死に取り返してきてくれたのだろう。

「アンタの財布って、これだろ?」

「そう、それです！　ありがとうございます」

差し出された財布を受け取って、中身を見る。真っ先に確認するのは、ソラティークにもらった栞。これさえあれば、正直お金は抜き取られていてもいいと思っていた。

「あ、お金もちゃんと全部ある……」

「なんだよ、当たり前だ」

思わずこぼれたツェリシナの言葉に、少年はぶっきらぼうに告げる。取り返すと宣言したのだから、中身も無事に決まっているだろうと言う。

「そうですね、ごめんなさい。今のはわたくしが悪かったですね……。ありがとうございます、ええと……名前を聞いてもいいですか？　わたくしはツェリシナです」

「ヒスイ」

「瞳の色と同じなんですね、素敵です」

「ふん。そんなことより、助けてくれるんだろ？」

名前なんてどうでもいいと言うように、ヒスイは早く来いとツェリシナの腕を引っ張る。焦っている様子からして、助けたい相手は逼迫《ひっぱく》した状況にあるのかもしれない。

すぐに頷《うなず》き、動向を見守っていたアンナと一緒にヒスイについていった。


ヒスイに案内されて辿り着いたのは、町の外れにあるボロボロの小さな小屋だった。酷《ひど》い環境に顔をしかめたくなるのをぐっと堪《こら》えて、ツェリシナは中へ入り——思わず目を見開いた。

薄汚れた色の毛は、おそらくもともと綺麗な白だったのだろう。土の色や汚れに加え、どこかじんわりと血の色もにじんでいる。

ぱっと見たら犬だけれど、その体高は七〇センチと大型だ。怪我が酷いのか、苦しそうに浅い呼吸を繰り返している。

痛々しいその姿にツェリシナは息を呑《の》むが、それよりも何よりも——ヒスイの〝助けてほしい奴〟が大問題だった。

「こ、こ、こ、この子って……‼」

「どうかしたのか？」

「えっ、いえ……大丈夫です」

（この子、神獣じゃないい〜〜っ‼）

思いっきり叫びたいが、この場にはアンナもいるので我慢する。

ヒスイはきょとんとしているから、もしかしたらこの動物が神獣であることに気づいていないのかもしれない。一般人であれば、神獣だとわからないのは当然だ。

ツェリシナが神獣だとわかったのも、ゲーム知識のおかげだ。この神獣はパッケージイラストの裏面に描《か》かれていて、癒《いや》しキャラとして大人気だった。

ヒスイの助けを求めた相手が自分でよかったと、心底ほっとした。

神獣とは、言葉の通り神様の獣——神様の遣いと言われている。めったなことでは人前に姿を見せないので、神獣自体の詳細を知る者はほとんどいない。どうしてこんなところに、しかも傷だらけでいるのだろうか。

疑問はたくさんあるが、とりあえず治療をしないといけない。

「ヒスイ、この子を屋敷に連れていって治療を行いましょう。……あ、でも王都の家だと遠いですね……」

ここからだと、四時間もかかってしまう。

怪我をしているのに、そんな長時間移動させるわけにはいかない。その間にもどんどん弱ってしまう……そうツェリシナが考えていると、アンナが「でしたら」と提案をしてくれた。

「この町にある本邸へ行きましょう。使用人も滞在していますので、いつでも使える状態になっていますから」

「そうですね、すぐに準備をしましょう。アンナ、馬車の用意をお願いしてもいいですか？」

「かしこまりました、すぐに」

大きな神獣を抱えていくわけにもいかないので、アンナに馬車を手配してもらい本邸へ行くことにした。

＊＊＊

ツェリシナが最後に本邸を訪れたのは、加護の儀式を受ける前。それでも少しは覚えていたようで、庭園を見ると懐かしさがあった。

門からエントランスまでの道は中央に噴水があり、そこから左右シンメトリーに手入れされた美しい薔薇《ばら》の庭園がある。いつ来客があっても差し支《つか》えはないだろう。

馬車でエントランスへ行くと、すぐに使用人頭がツェリシナたちを迎えてくれた。

「これは……ツェリシナ様？　お前たち、すぐにお部屋のご用意を」

「はい」

突然の訪問に驚きつつも、準備をするため数人の使用人たちに指示を出すのはさすが侯爵家の使用人頭といったところだろうか。

ゆっくり馬車から降りて、ツェリシナは使用人頭へ声をかける。

「連絡もなしにごめんなさいね、急ぎなんです」

「何かございましたか？」

めったに王都の屋敷から出ることのないツェリシナが緊急と告げたため、使用人頭もただ事ではなさそうだと表情を引き締める。

もしかしたら、王都にいる侯爵に何かあったのかもしれない……と。

そんな使用人頭に、ツェリシナは慌てて首を振る。

「家のことではないのよ。……この子を診てもらいたいので、すぐに医者を呼んでください」

「この子……？　失礼します」

ツェリシナが馬車の中を指さしたのを見て、使用人頭が目を見開いた。そこにいるのは、ヒスイと神獣だ。

「子ども？　いや、それよりも犬が怪我を……？　すぐに医者を手配しますので、ひとまず二階のゲストルームに移動させましょう」

「お願いします」

使用人頭は近くの使用人たちに神獣の移動を頼み、「失礼します」とこの場を後にした。

神獣だということがバレないか少し心配していたが、どうやら全員が犬と勘違いしたようだった。

そのことに関してはほっとする。

「ヒスイ、お医者様を呼んでいるから一緒に待ちましょう」

「わかった」


ゲストルームに移動し、ベッドの上に神獣を寝かせてもらった。

その横の椅子《いす》に腰かけて、ツェリシナとヒスイで神獣の様子を見守りながらゆっくりと待つ。しかし落ち着かないようで、ヒスイはそわそわしている。

「神獣は生命力がとても強いですから、すぐによくなりますよ」

「シンジュウ？」

「……やっぱり知らなかったんですね。この子は『神獣』と呼ばれているすごい存在なんですよ」

詳細に関しては、また機会があったときでいいだろう。今はただ、この子が助かることを祈るのが先決だ。

「それから……ヒスイのご家族はいますか？　いらっしゃるなら、連絡を――」

「いない」

ヒスイはツェリシナの言葉を否定して、首を振る。

「俺とトーイ……神獣だっけ？　と、二人だ」

「……そうでしたか。なら、ここにいても問題はないですね」

ツェリシナは頷いて、「ゆっくりしてくださいね」と伝える。

（孤児なのかな？）

どちらにしろ、生活環境はあまりいい状況でないと考えていたのでヒスイの言葉にも驚くことはしなかった。領地にそういった子どもたちを預かる施設はなかったはずだと、そんなことが脳裏に浮かぶ。

もしかしたら、考えていたよりも領地の状態はよくないのかもしれない。

(……領地のことを考えるのは、神獣が助かってからにしよう)

そんなことよりも。

「神獣様は、トーイ様というお名前なんですね」

「俺がつけたんだ。小さいころから一緒で、寒い日なんかはトーイの毛があったかくてさ……」

「そうでしたか……」

確かに、先ほど見た小屋で冬を越すのはとても辛《つら》い。けれど神獣——トーイがいれば、そのもふもふした毛で温かく眠ることができたのだろう。

ヒスイがトーイを守り、トーイもヒスイのことを守って生きる家族同然の存在。

(神獣と生きる子どもなんて、初めて聞いた)

もしかしたらゲームのヒロインや攻略対象キャラクターよりもすごい存在なんじゃないかと、そう考えてしまうほどだ。

(トーイ様が元気になったら、私とも仲良くしてくれるかな……?)

それとも、悪役令嬢だから神獣にも嫌われてしまうだろうか。

精霊にすら加護を得られていないのだから、きっと神々にも好かれていない。そう考えてしまうと憂鬱《ゆううつ》になり、心が沈む。

「……どうしたんだ?」

若干しかめ面をしていたら、隣に座っていたヒスイが戸惑いつつも声をかけてきた。どうやら、トーイに続きツェリシナも心配をかけてしまったようだ。

「え？　あ、ごめんなさい。わたくしったら……。トーイ様がよくなったら、わたくしとも仲良くしてくださるかしらと……考えてしまったんです」

「そんなことをか……？」

「わ、わたくしにとっては重要なのです」

ぽかんと口を開けたヒスイの様子に、ツェリシナは羞恥心《しゅうちしん》から顔を背ける。トーイが怪我《けが》をして大変なときに、そんなくだらないことを考えていたのかと思われてしまったかもしれない。

けれどツェリシナの予想に反して、ヒスイの噴き出したような笑い声が聞こえた。

「はは……っ、こんなすごい屋敷のお貴族様だってのに」

なんだか普通だなぁと、ヒスイが告げる。

（だって前世は庶民だもん！）

社交界デビューはしたけれど、最低限の夜会にしか参加していない。

それだって、ソラティークの横で微笑《ほほえ》んでいるだけということが多いのだ。ゆえに、ツェリシナはあまり貴族らしくないのかもしれない。

とはいえ、一通りのマナーや王妃教育などは受けているけれど。

「大丈夫。トーイと仲良くできる気がする」

「……そうでしょうか？」

「ああ。俺の勘は結構当たるから」

もしかしたらトーイが人懐こい神獣なのかと思ったら、そういうわけではなかったようだ。ツェリシナもくすりと笑って、トーイを見る。

「早く、元気になったトーイ様にお会いしたいです」

「うん」

もう少しヒスイからいろいろな話を聞きたかったけれど、医者が来たため話はそこで中断された。

＊＊＊

トーイは医者に診せた翌朝、驚異の回復力で元気に動き回れるほど――いや、全快していた。

神獣の生命力が強いとは聞いていたけれど、まさかここまですごいとは思っていなかったので、ツェリシナとヒスイの二人は驚いた。

『わうわうっ！』

「神獣って、すごいんですね……」

「俺もびっくりした。でも、トーイが元気になってよかった」

ほっと息をはいて、ヒスイはトーイにぎゅっと抱きついた。仲睦《なかむつ》まじい様子を見ながら、そういえば二人は汚れたままだということに気づく。

ヒスイだけは昨日のうちにお風呂《ふろ》へ入れたかったけれど、心配してトーイのそばを離れなかったからそのままなのだ。

ツェリシナは優しく声をかける。

「まずはお風呂に入りましょう。ヒスイ、トーイ様と一緒に入ってくださいな」

「風呂？」

「ええと……お湯につかって、体を洗って汚れを落とすんですよ」

ヒスイとトーイだけでは入れなそうだったので、ツェリシナは使用人に二人をお風呂に入れるよう指示を出す。使用人が付き添ってくれれば問題はないだろう。

二人がお風呂へ連れていかれるのを見送って、ソファへ沈み込むように座る。ほかに誰もいないので、お淑《しと》やかではなくだらけモードだ。

ツェリシナが考えるのは、今後のことについて。

（ヒスイとトーイ様は、これからどうするんだろう）

家族がいないと告げたヒスイを、このままトーイの治療が終わったからと放《ほう》り出してしまうのは忍びない。

自分の手ですべての子どもを助けられるなんて思ってはいないけれど、せめて目の届く範囲の、手を差し伸べた相手は最後まで助けたい。

「私が手を差し伸べたら、ヒスイは取ってくれるかな？」

拒否されてしまうのではないかと、そんな考えが脳裏をよぎる。

「でも、これから領地を運営することになれば――ヒスイはきっと私の力になってくれるはず」

領主が把握していない町の顔を知っているかもしれないし、まだ子どもだからわかることもあるとツェリシナは考えた。

「もし、もしもヒスイが私の手を取ってくれるのなら――」

＊＊＊

ふわふわの白いパンに、ベーコンと野菜のスープ。目玉焼きとサラダ、ヨーグルトにフルーツ。食べきれないほど用意された朝食を前に、ツェリシナはお風呂に入っているヒスイとトーイを待っている。

ツェリシナは紅茶に口を付け、食事を気に入ってもらえたらいいなと思う。

しばらくして戻ってきたヒスイとトーイは、見違えるほど艶々《つやつや》のふわふわになっていた。思わず何度も目を瞬《しばた》いて、ツェリシナはヒスイをガン見してしまう。

「すごく……綺麗《きれい》になりましたね」

「なんだかソワソワして、落ちつかねぇ」

くすんだ茶色だと思っていたヒスイの髪色は、お風呂に入って汚れを落とすと美しい琥珀色《こはくいろ》に輝いていた。

服も綺麗なものに着替えているため、どこかの貴族だと告げても差し支えはないほどだ。

トーイの毛色も真っ白になっていて、ふわふわのもふもふ。ぎゅっと抱きしめたい衝動にかられ、ツェリシナは身もだえる。

そんなとき、ぐうとヒスイのお腹《なか》が鳴った。

「ああ、ごめんなさいね。早く朝食にしましょう。ヒスイ、席についてください」

「……これ、俺が食っていいのか？」

「え？　ええ、もちろんです。お腹いっぱい食べてくださいね」

「……っ！　ああっ！」

ヒスイが席につくと、使用人がコップにミルクを注ぐ。トーイにもご飯が用意されたのを確認してから、食事を始めた。

ガツガツと必死で食べるヒスイに苦笑しつつ、ツェリシナはトーイを見る。

（悪役令嬢は、こういったことと無縁だと思っていたのに）

ヒロインであれば神獣と仲良くなり、領地を豊かにし、最終的に王妃になって国ごと豊かにしてしまうけれど。

（そういえば、どんなデートしてたんだろう）

昨日の道中で見たソラティークとヒロインを思い出し、好感度が上がっていればいいんだけどなと思う。

ただ、どれくらい上がっているのかはわからない。好感度の数値を見ることはできないので、これればかりは感覚に頼るしかないのだ。

（とりあえず、ガンガン上げておいてもらえば問題ないはず）

浮気者のレッテルが貼られてしまったらソラティーク的には大問題だが、ツェリシナとしてはそれが安心に繋《つな》がる。

ヒスイが満足いくまで食べたところで、ツェリシナは使用人たちを下がらせる。トーイが神獣であることを教えるつもりはないからだ。

「はぁ……こんないっぱい食ったの、久しぶりだ」

ぱあっと嬉《うれ》しそうに笑うヒスイを見て、ツェリシナもつられて微笑む。

「満足してもらえてよかったです」

「トーイを助けてもらうって約束だけだったのに、いいのか？　まぁ、お貴族様にはこれくらいどうってことはないかもしんねーけど……」

食後の紅茶をゆっくり飲みながら、ヒスイは「食事代は出せねぇからな」と言う。

もちろん、ツェリシナとて食事代を請求するつもりはない。スリをした子どもとどこかで繋がっているのかもと考えていたけれど、ツェリシナが考えていた以上に律儀な性格だったようだ。

(トーイ様のこと以外要求しないなんて、欲がないなぁ)

助けた相手は貴族なのだから、それこそもっと財布の礼をふっかけたっていいはずだ。ツェリシナは医者の手配と一晩の宿では、全然少ないとさえ思っているのだから。

「ヒスイとトーイ様は、これからの予定はありますか？」

「いや、別に。根無し草に戻るだけ――てか、トーイ〝様〟って？」

「神獣であるトーイ様を呼び捨てにするなんて、わたくしにはできませんから」

首を傾《かし》げるヒスイにそう告げると、「でも……」と反論の言葉が返ってくる。

「お前が様を付けたら、トーイがただの犬じゃなくて神獣ってばれるんじゃないのか？」

「あ！」

それは盲点だった！　と、ツェリシナは顔を青くする。

でも、そうすればどう呼べばいいのだろうか。使用人の前でずっと名前を呼ばないというのも厳しいし、カモフラージュできるとも思えない。

真剣に悩むツェリシナに、ヒスイは何を言っているのだという視線を向ける。

「別に呼び捨てでいいだろ？　トーイだって、そんなことは気にしないぞ」

「えぇぇ、でも、神獣なのに……」

『わうっ！』

「！　トーイ様、よろしいのですか？」

もちろんだと返事をするように、トーイがツェリシナへすり寄ってきた。おそるおそる撫《な》でてみると、その柔らかさにきゅんと胸が締め付けられる。

「トーイ……」

（もふもふうぅぅぅぅ〜っ！　あぁぁ、可愛《かわい》いっ!!）

もふもふは間違いなく癒《いや》しだ、正義だ。

「ああ、可愛いです、トーイ」

加護を持たない自分は神獣に嫌われてしまうのでは……なんて思っていたけれど、それは杞憂《きゆう》だったらしい。

「わたくしはツェリシナです、トーイ。怪我が治って本当によかったです」

『わうっ』

優しく撫でてから、ツェリシナはトーイをヒスイに返す。「取り乱してごめんなさい」と謝れば、ヒスイに笑われてしまう。

警戒しているような態度だったのに、少しは心を許してもらえたのだろうかとツェリシナも嬉しくなる。

「それに……こんなに懐いていただけるなんて。わたくしは、とても嬉しいです」

ヒスイは大袈裟《おおげさ》だと笑うけれど、悪役令嬢であるツェリシナにとってはかなり大きな問題だった。

「トーイも、助けてもらったのがわかるんじゃないか？　心配してくれてサンキュ」

「わたくしこそ、お財布を取り返してもらったんです。こんなお礼では、足りないくらいですよ？」

暗にもっと請求してよかったと伝えるが、ヒスイは首を振る。

「俺にはこれでも十分だ。飯も食わせてもらったしな」

「そうですか。ヒスイはいい子ですね」

「んだよ。子ども扱いすんな、俺は一六だぞ」

「え、同い年⁉　てっきり年下かと思っていました……」

まだ成長期がきていないのかと首を傾げるも、もしかしたら栄養が足りず成長が遅いのかもしれない。あまり踏み込む話題ではないと判断し、ツェリシナは考えていた話を振ることにした。

「……あのですね、ヒスイがよければ……なんですが」

「ん？」

「わたくしの下で、働きませんか？　……自立して、一人で生活できるようになりたいと思っているのです。でも、わたくしはこの町のことをあまり知らなくて……ヒスイがいてくれたらとても頼もしいと思ったのです」

ツェリシナの言葉を聞いて、ヒスイは大きく目を見開いた。まさか自分にそんなことを言う人、それも貴族がいるなんて考えたこともなかったのだろう。

だが、ボロ小屋しかないヒスイにとってこれはいい話だった。

神獣であるトーイ目当てということももちろん考えたが、心配したツェリシナの姿を見た後ではそんなことを言えるわけがない。たくさんの人を見てきたヒスイは、人の悪意に敏感だ。

「でも」

「はい」

「俺は礼儀も知らないし、できることだって少ない」

「最初は誰だってそうですよ。わたくしだって、まだまだ勉強中のことが多いですから」

完璧《かんぺき》を求めているわけではないのだと、ツェリシナは微笑《ほほえ》む。

これからくるであろう婚約破棄のイベント後に、ついてきてくれる味方がほしいというのが大きい。王太子であるソラティークの婚約者という立場は、恩恵がとてつもなく大きかった。

しかしそれがなくなってしまえば――面と向かって加護なしと言われたり、嫌みが始まったり、お茶会や夜会への招待はなくなるだろうと思う。

危害を加えられてしまうことまでは考えたくはないが、貴族のくせに精霊の加護もないツェリシナは間違いなく疎まれる。

ヒスイはじっとツェリシナを見て、どうするべきか思案しているようだったが――返事の決め手になったのは、トーイだった。

『わふっ』

トーイは嬉しそうに声をあげ、ツェリシナの頬《ほお》をぺろぺろと舐《な》めた。

「きゃっ、トーイったら」

「……トーイがここまで懐いた奴は、初めてだ」

「まあ、それは光栄です……」

ヒスイの言葉に感激して、ツェリシナはぎゅっとトーイを抱きしめる。もっと一緒にいたいけれど、ヒスイに無理強いをするつもりはない。

ツェリシナとトーイの様子を見て、ヒスイがぷっと噴き出す。

「貴族のくせに、気さくすぎるだろ。……いいぜ、お前に雇われてやるよ」

「ヒスイ！　ありがとう、嬉しいです。よろしくお願いしますね」

「ああ」

二人は握手を交わし、ほっと胸を撫でおろす。

ツェリシナが詳しく自己紹介すると、ヒスイはあきれたようにため息をつく。貴族だと認識していたが、まさか侯爵家の令嬢で王太子の婚約者だとは思ってもいなかったらしい。

「そんなすごいお嬢様が、本当に俺なんかを雇っていいのか？　王太子との結婚だって、どうせすぐなんだろ？」

「ああ、それは……」

（……味方だし、言っちゃっていいかな？）

「近々、婚約は破棄されるんです」

だから自立するのですと、ツェリシナはぽかんとしているヒスイに笑顔で告げたのだった。

「は？」

＊＊＊

ツェリシナはヒスイとトーイを連れ、王都にある屋敷へと帰ってきた。

ひどく心配した父親に出迎えられ、何があったのか根掘り葉掘り聞かれてぐったりしてしまう。

ヒスイを見習いと言う形で雇ったと告げると怪訝《けげん》な顔をされたが、すぐにツェリシナがそうしたいのであればと了承してくれた。


父――ベイセル・リンクラート。

上品なアッシュグレーの髪は左分けで、質のいいスーツを着こなしている姿は男前だ。まだ三九歳と年齢も若く、国の重要な仕事を任されている。

家族構成は、ベイセルと妻、上から長男、長女のツェリシナ、次男の五人家族だ。

「ツェリが何か頼むことはめったにないから、なんだか嬉しいな」

「お父様……」

六歳の加護の儀で前世の記憶を思い出したツェリシナは、とても大人しく我儘《わがまま》を一切言わない子どもとして過ごしてきた。ツェリシナにとっては加護がない負い目もあったからだが、ベイセルはそれをとても寂しいと感じていたのだ。

我儘の中身が同い年の男であることは若干いただけないが、娘の可愛いお願いだろうと自分に言い聞かせる。

「ヒスイには着替えてもらっているので、もう少ししたら紹介できます」

「そうか。しかし、まだ婚約という段階だが……お前はもうすぐソラティーク殿下に嫁ぐ身だろう？　侍女ならともかく、執事見習いを城に連れていくことはできないぞ？」

屋敷でそのまま働いてもらうことなら問題はないがと、ベイセルは言葉を続ける。

「……そうでしたね」

「なんだ、妃になることに実感がないか？」

「いえ、そういうわけではないのですが……」

どうせすぐに婚約破棄ですからとは、さすがにツェリシナも口にはしない。そんなことを父に言ったら、イベント前に一波乱起きてしまうだろう。

「……ですが、わたくしはなんの加護も持ちません。ソラティーク様の隣に相応《ふさわ》しくないと、いつも考えてしまいます」

ネガティブはいけませんねと寂しそうに笑い、ツェリシナは用意されていたマカロンを口にする。あ、美味《おい》しいと表情をほころばせたところで、ノックの音が室内に響く。

入室を促すと、執事見習いの服を着たヒスイとストライプ模様のリボンを首に巻いたトーイが顔を出した。

「まぁ、似合いますね。それにトーイ、とっても可愛いです！」

飛びついてきたトーイをぎゅっと抱きしめると、嬉《うれ》しそうにツェリシナの頬を舐めてきた。その光景が微笑ましくて、ベイセルは笑顔でヒスイとトーイを迎え入れた。

そして同時に、そういえばこの屋敷に動物が入るのは初めてで、こんなに喜ぶのであればもっと早くに犬や猫を飼えばよかったと肩を落とす。

ツェリシナはヒスイの横へ行き、その変わりように驚く。

琥珀《こはく》の髪はセットされており、いかにも仕事ができる執事の外見だ。成長したら、自分の右腕になってくれるかもしれないと思う。

「お父様、ヒスイです。礼儀教育はまだですが、芯《しん》のしっかりしたいい子です」

「ヒスイです、よろしくお願いします」

「ふむ……。私はベイセル、ツェリシナの父親だ。ツェリを頼むぞ、ヒスイ。町の子どもと聞いていたが、なかなかしっかりしているな」

うんうんと頷《うなず》く父に、ツェリシナはほっとする。

「ヒスイ、お前はなんの加護をいただいている？　お前の雇い主として、私はそれを把握しておかねばならない」

「！　加護を教えないといけないのか……いや、いけないの、ですか？」

「そうだ。私が雇うのだから、当然だろう。何ができるのか、どういった能力に伸びしろがあるのか、いただいている加護で判断することができるからな」

たとえば火の精霊サラマンダーの加護であれば、火を使う料理などに適性がある。風の精霊シルフの加護であれば、運動神経が上がり騎士を目指す人も多い。

いただいている加護を自分から告げる人はあまりいないが、精霊の加護であればそう隠すようなものでもない。そのため、一般的に雇用主は把握することが多い。

言いたくない様子のヒスイを見て、ツェリシナは一歩前に出る。ヒスイに「大丈夫ですよ」と告げ、視線をベイセルに向けた。

「お父様、ヒスイの雇用主はわたくしです。ですから、お父様への加護の報告はご容赦ください」

「なんだと……？　ツェリ、お前が直接ヒスイの雇用主になるのか？」

「そうです」

てっきり自分が雇いツェリシナ付きにすると思っていたため、ベイセルは驚いて目を見開く。

確かに、ツェリシナには小遣いを渡したりしているし、そこから給料を払うこともできるだろう。あまり物を欲しがらず、貯金していたことがツェリシナにとって幸いだった。

どうしたものかと顎《あご》に手を当て考えるベイセルだったが、ここで反対をしてしまったらツェリシナが悲しむと結論を出す。それに、そう長く雇えるとも思えない。

「ソラティーク殿下に嫁ぐまでなら、いいだろう。そのあとは、私がヒスイを引き取ろう。城へ連れていけるのは、侍女だけだからな」

「わかりました。そのときがきたら、それはまたご相談いたします」

「ああ」

（私とソラティーク様はどうせ婚約破棄だから、ヒスイのことは問題ないわね）

ほっと一息つくと、ベイセルが言いにくそうに口を開く。

「ときに、ツェリ」

「はい？」

「……噂《うわさ》は、聞いているか？」

「うわさ、ですか？　どういったものでしょうか」

ここ最近、特に大きなニュースはなかったはずだと記憶を辿《たど》る。ゲームが始まり、ヒロインが出てきたくらいだけれど——ツェリシナはヒロインと直接的な接点はない。

（そもそも私以外はゲームのことなんて知らないだろうし）

特に思い至らないので首を振ると、「そうか」とベイセルがため息をつく。

どうやらツェリシナに伝えるべきかどうか迷っているらしいが、そんなに言いにくいことがあるだろうか。

ツェリシナが伺いますと告げると、あくまでも噂だと前置きをしてから話し始めた。

「……ソラティーク殿下に、親しくしている女性がいるという噂があってな。もちろん私は信じていないし、殿下本人にも確認はした」

（あ、それヒロインです）

いや、まって、それよりも。

（本人にズバッと確認しちゃったの⁉）

父の行動力に驚きながら、ツェリシナは先を促す。

「殿下からは、そのような親しい事実はないし、婚約を取りやめることもいっさいないとお言葉をいただいている。加護がなくとも結婚する意思に変わりはない」

「え……」

このタイミングで婚約を破棄したいと言ってしまえばよかったのにと、ツェリシナは思う。どうしてわざわざ婚約継続と、今後面倒臭くなりそうな回答をするのだろう。

(たぶん、ソラティーク様は優しいから)

ツェリシナに結婚したい女性ができたのだとは、なかなか言いづらいのだろう。気にしないのにと思いながら、その旨を父親に伝える。

「お前が気にしていないのなら、安心だ。だが、何かあればすぐ私に相談しなさい」

「わかりました。ありがとうございます、お父様」

話はここで終わりにして、ツェリシナはヒスイとトーイを連れてベイセルの書斎を後にした。


ツェリシナの部屋に向かいながら、その道中でヒスイとトーイに屋敷の中を案内する。使用人用の食堂に、浴室。たまには息抜きができるようにと、娯楽ルームも用意してある。

きょろきょろと見回しながら、「おぉ……」と声をあげている様子がなんだか新鮮だ。

「ヒスイの部屋は、あとで執事のハンリーが案内してくれます。ヒスイは、わたくし付きの執事見習いとして、ハンリーに教育をお願いしています」

「わかった」

言葉遣いもまだまだだが、しっかり返事ができることにはとても好感を持てる。礼儀を身に付けたヒスイを早く見たいなと思う。

「ヒスイ、雇い主になるからわたくしのことは、様を付けて呼んでください。堅苦しいかもしれないけれど、お願いできますか？」

「ん、わかった。ツェリ様」

「……ありがとうございます」

（お父様がツェリって呼んでいたから、それがうつったのかな？）

別に問題はないし、もし駄目ならハンリーが注意するだろうと思いツェリシナは気にしないことにした。それに、側《そば》にいる執事であれば堅苦しいよりも、このくらいがちょうどいい。

自室に着くと、ツェリシナは一本の鍵《かぎ》と銀色の懐中時計をヒスイに渡す。

「これはわたくしの部屋の鍵と、執事見習いになったヒスイへのプレゼントです。その鍵は、わたくしとヒスイしか持っていない大切なものなので、なくさないようにしてくださいね」

「え……？　わ、わかった。ありがとう、ツェリ様」

屋敷の主人以外、鍵を持つことが許されているのは執事だけだ。

ヒスイはツェリシナの部屋の鍵しか持つことを許されていないが、いつかリンクラート侯爵家のすべてを任せられる執事になってくれたらと思う。

「鍵は首から下げておいてください。懐中時計は、内ポケットへ」

「わかった」

嬉しそうな表情を浮かべて、ヒスイが大事そうに二つをしまう。

喜んでもらえたことにほっとしながら、まずは紅茶を淹《い》れるところから始めようかと考える。すると、ヒスイの翡翠《ひすい》色の瞳《ひとみ》がじっとツェリシナを見ていることに気づく。

どうしたのかと問いかけると、訝《いぶか》しむような表情でツェリシナを見る。

「ツェリ様、加護がないって」

「ああ、そのことですね。わたくしは、神にも、精霊にも、加護をいただいてないんです」

「…………」

こんな主人は嫌ですか？　と、ソファに腰かける。すぐにヒスイは首を振り、「嫌じゃない、でも」と言葉を濁す。

「ヒスイ？」

少し悩む素振りをしながら、ヒスイはツェリシナへ近づいてくる。ソファに手をついて、ツェリシナの顔を覗《のぞ》き込む。

迫るような翡翠色の瞳と視線が合い、心臓の鼓動が少し速くなる。

ヒスイが左手を伸ばし、ゆっくりツェリシナの頬《ほお》に触れる。いったい何事だと内心パニックになっているツェリシナは、ハッとする。

（ヒスイが見ているのは、わたくしの左目？）

どうしてそんなところを？　そう言いたいけれど、吐息のかかってしまう近さなので口を開くことも憚《はばか》られる。

「ねぇ、ツェリ様の左目のこれってもしかして――」

「――っ！」

思わずツェリシナがぎゅっと目をつぶると同時に、部屋のドアが開く。

「えっ!?」

「ツェリ、会いにき――って、誰だそいつは」

「ソラティーク様⁉」

「ええと、ツェリ様の婚約者の？」

大股《おおまた》で歩き、ソラティークがツェリシナからヒスイの肩を掴《つか》んで無理やり引きはがす。

「何をしているっ‼」

ソラティークの冷たい声が響き、ヒスイは面倒くさそうに表情を歪《ゆが》ませる。

はたから見ればヒスイがツェリシナを押し倒しているように映ったのだから、婚約者であるソラティークが怒るのも当然だろう。

「ソラティーク様、彼はヒスイ。わたくし付きの、執事見習いです」

「ヒスイです」

ツェリシナがひとまず紹介を行うと、ヒスイも名乗り頭を下げた。

しかし、ソラティークはそう簡単に納得することはできない。

「執事見習い……？　ツェリはもうすぐ私と結婚するのだから、執事は不要だろう？」

「それまでの間、です。ヒスイは街で困っていたときに、助けてくれたんです」

「だからと言って、今のようなことを私が見逃せるわけがないだろう。ヒスイ、答えによっては容赦しない」

「ソラティーク様！」

ツェリシナの止める声を聞きもせずに、ソラティークはヒスイに詰め寄る。軍神テュールの加護を持つ右手がその愛剣に触れているので、本気で怒っているのだろう。

その気迫はすさまじく、ツェリシナは息を呑《の》む。

（どうして、好きでもない私のことでこんなに怒るの？）

男のプライドなのだろうかと思いながら、ツェリシナはヒスイを庇《かば》うように動こうとし、それをヒスイ本人に止められる。

「ヒスイ？」

「別に、やましいことは何もしてない。ただ」

「ただ――なんだ？」

ヒスイが口を開き、いったん言葉を止める。

ソラティークからツェリシナへ視線を動かして、「綺麗《きれい》だったから」と告げる。

「お前、ツェリは私の婚約者だと――」

「違う。瞳が、綺麗だった」

「わたくしの瞳？」

確かにローズピンクの薄色の瞳は、珍しいかもしれない。

「そう。神の加護が刻まれている瞳を持つ人間は、初めて見た」

ワントーン落ちたヒスイの声の低さに、ただならぬその雰囲気に、思わず息を呑む。けれどそれはツェリシナだけで、ソラティークは顔をしかめたままだ。

「え……？　ですが、わたくしに加護はないはずですよ」

今までずっと自分は加護を持っていないと思っていたし、家族だって、婚約者のソラティークだってそうだと思っていた。

「瞳に、なんて初めて聞いたぞ？　それに、ツェリの瞳は何度も見たことがあるがそのようなものはなかった」

「ソラティーク様……」

今度はソラティークがツェリシナの頬に触れ、左目を覗き込む。いつも見ていたのに、己が気づいていないなんてと思いながら。

不安そうにするツェリシナを落ち着かせるように頭を撫《な》で、「大丈夫だ」と優しく声をかける。しかしすぐに眉《まゆ》をひそめ、首を振る。

「やはり、印はない」

「そうですか……。いいえ、もともと加護がないと思っていたのですから、何も変わりません。ヒスイもわたくしを気遣ってくれたのかもしれません」

ツェリシナはヒスイを手招きして、声をかける。

「紅茶を用意してもらっていいですか？　アンナに伝えれば、そつなくこなしてくれますから」

「……わかった、りました」

「お願いしますね」

ヒスイが部屋を後にするのを見て、ソラティークをソファに促す。ツェリシナも隣に座り、部屋の隅にいたトーイを自分の下へ呼び寄せる。

『わふっ』

「いい子ね、トーイ」

嬉《うれ》しそうに走ってくるトーイを見て、ツェリシナはくすりと笑う。

「なんだ、犬を飼い始め……たのか？」

前足をツェリシナの膝《ひざ》の上に乗せもふもふされているトーイを見て、ソラティークは怪訝《けげん》な表情になる。もう一度「犬？」と首を傾げながらも、「いや、犬か」と一人で納得するように頷《うなず》いた。

（もしかして、トーイから何か感じるのかな？）

外見は白くてもふもふな犬だけれど、実際は神獣だ。軍神テュールの加護を持つソラティークだから、違和感を覚えたのかもしれない。

「……まぁ、それはいい。それよりツェリ」

「はい？」

「使用人を不用意に近づけるな。あのような者は、ツェリの執事に相応《ふさわ》しくない」

とても不機嫌そうに、ソラティークは「印があると嘘《うそ》をついた」と口にする。

トーイをもふっと撫でて、ツェリシナもヒスイのことを考える。

ソラティークの言うことはもっともだが、ツェリシナはヒスイが嘘をつくとは思っていない。

もしかしたら、自分には見えないだけでヒスイには見えているのかもしれないとすら考えてしまうほどに。

（神獣に好かれ、誰にも見ることのできない私の印を見ることができる者？）

ヒスイだけが見ることができる可能性だって、ないわけではない。

ただ問題は、現時点では自分の婚約者であるソラティークに嫌われてしまったということだ。これはかなり面倒な展開だと、心の中でため息をつく。

「いいえ、ヒスイを解雇にはいたしません」

「なぜだ？」

「ヒスイは、わたくしがソラティーク様にいただいた栞《しおり》を盗まれてしまったとき……取り返してきてくれたのです」

ツェリシナがいつも栞を大事そうに財布にしまっていることは、ソラティークも知っている。すぐに、何が起きたのか察したのだろう。

「怪我《けが》はなかったのか？」

「はい。わたくしはこの通り、傷一つありません」

「……そうか。しかし、出かけたかったのなら私を呼べばいいだろう？」

その日、ソラティークはヒロインとデートの真っ最中でしたが――なんてことは、口が裂けても言えないだろう。

ツェリシナは苦笑しながら、ソラティークを見る。

「いいえ。ソラティーク様はお忙しいのですから、お気になさらないでください。アンナと一緒でしたから、女性同士で楽しかったです」

「む……確かに女性同士でお茶をするのは、流行《はや》っていると聞くな」

「…………」

（もしかしてそれ、ヒロインに聞いたのかな？）

多少もやっとしたものを感じつつも……まあ、そこまで仲良くなってくれたのはいい傾向だと思うことにする。自分の処刑の可能性がぐっと低くなるのだから。

「ですから、あまりヒスイを邪険にしないでくださいね。こうして、栞を取り戻してくれたのですから」

ツェリシナはソファから立ち上がり、引き出しの中から手帳を取り出し、挟んでいた栞をソラティークへ見せる。

また同じような事件が起きてしまっては大変なので、保管場所を変更したのだ。

「ツェリが大切にしてくれるのは嬉しいが、私は栞よりもツェリが大切だ。間違っても、その栞のために危険な目に遭うようなことはしないでくれ」

「ソラティーク様……」

確かに、自分がプレゼントした栞のせいで婚約者が怪我をしたら、外聞もよくないだろう。自分も少し軽率な行動をしてしまったなと、ツェリシナは反省する。

「わたくしを気遣っていただいて、ありがとうございます。今後はそのようにいたしますね」

「ああ、そうしてくれ。じゃないと、一人で外に出るなと命じてしまいそうだ」

別に縛り付けたいわけではないのに、どうしても心配になってしまうから……と、ソラティークは言う。

「……まさか、ソラティーク様がそんなに心配されるとは思いませんでした」

うっかり思ったことを口にすると、ソラティークが不機嫌そうに口を開く。そして立ちあがって、机の前にいるツェリシナの隣へ。

「婚約者なのだから、そのくらいはいいだろう？　まったく、もう少し私に愛されている自覚を持ってくれ」

「は、はい……」

ふいに伝えられた告白のような言葉に、思わず戸惑う。しかし同時に、その台詞《せりふ》の破壊力にやられてしまいそうになった。

（うっわ、強烈……）

これが攻略キャラの破壊力か～！　と、心の中で絶叫する。ヒロインは毎回、こんな破壊力の高い攻撃を受けているのか。

このまま続くと間違いなくメロメロになってしまう……‼

ツェリシナはにこりと微笑《ほほえ》み、栞を引き出しへしまう。

「よかったです」

「ん？」

「ソラティーク様は、笑顔の方が素敵ですね。ヒスイにはわたくしからよく言っておきますから、今回はご容赦ください」

「……わかった。だが、次はないぞ」

「ありがとうございます」

考える素振りを見せつつも頷くソラティークに、ツェリシナはほっと息をつく。これ以上ヒスイに敵意を持たれてしまっては、執事見習いを無理やり辞めさせられてしまうかもしれない。

ちょうど侍女のアンナが紅茶とお菓子を持ってきて、ヒスイに関する会話は自然と終わった。

ソラティークも、自分の贈った栞を取り返してくれたことに関しては感謝したのだろう。それ以降は、話題にするつもりはないようだった。

ゆっくり紅茶を飲み干しながら、開かない扉をちらりと見やる。

（ヒスイは、さすがに戻ってこないわね）

ツェリシナ付きの執事見習いとはいえ、ソラティークがいる際の給仕はとてもではないが任せられない。それに、険悪なムードになってしまったからことさらに。

（トーイがちょっと寂しそうだから、あとでたくさんヒスイと遊ばせてあげよう）

すると、ソラティークの視線がトーイに向けられた。

「その犬、かなり人懐っこいんだな」

「トーイです。懐いているのはわたくしとヒスイだけで、ほかの人には無関心なんですよ。あ、ですがお父様には普通ですね」

「そうなのか？」

ツェリシナの前にいるトーイを撫でようとしたソラティークは、思わずその手を引っ込める。もし反応がなかったらどうしようと、そう考えてしまったようだ。

ソラティークは馬に乗ることは多いが、ほかの動物に触れる機会はそうそうない。そのため、実は先ほどからトーイのことが気になってしかたがなかったのだ。

触りたそうにしているソラティークに苦笑しながら、ツェリシナは「どうぞ」と微笑む。

「撫でるだけなら、大丈夫だと思います。ですが嫌そうな顔をされてしまったら、あきらめてくださいね」

「……わかった」

ソラティークはそっと手を伸ばし、トーイのふわふわの毛に触れて頭を撫でる。すぐ気持ちよさそうに目を細めるのを見て、嬉しそうに表情を綻《ほころ》ばせる。

「――！　嫌がられないな」

どうやら、ソラティークはトーイのお眼鏡にかなったようだ。

「はい。トーイはソラティーク様のことが好きみたいですね」

『わうわうっ！』

トーイは前足でソラティークの膝へと乗り上げて、その頬《ほお》を嬉しそうにペロペロと舐《な》める。

ヒスイに冷たく当たっていたから、トーイが嫌いになってもまったくおかしくないのに。そう思っていると、今度はソラティークの右手にすりすりとすり寄った。

ちょうど、ソラティークの印がある部分。

（神獣だから、加護に反応してる？）

強い神々から加護をもらった人に好意的……ということであれば、確かにしっくりくる。

ツェリシナはヒスイがどんな加護を持っているかは知らないが、あそこまで神獣であるトーイと仲がいいのだから……かなり稀少《きしょう》な加護をいただいているのかもしれない。

（なんの加護を持っているか、お父様にも告げなかったし）

もし精霊たちの加護であれば、隠す必要はない。すなわち、ヒスイが特殊な加護を持っているという可能性は高い。

（――あ、でも）

それだったら自分に懐くのはおかしいと首を傾《かし》げるが、ヒスイはツェリシナの左目に加護があると言った。

「悪役令嬢なのに、そんな大それた加護があるのかしら……」

ぽつりと呟《つぶや》き、一応は主要キャラクターなのだからあったとしてもそこまで不思議はないと考える。けれど、ゲームの悪役令嬢のキャッチコピーは〝神に見放された美しき令嬢〟だったのに。

本当は見放されていない？　それとも、エンディング後に何かが起きるのだろうかと首を傾げる。

考えこんでいると、ソラティークに顔を覗《のぞ》き込まれた。

「ツェリ？」

「あ、いいえ、なんでもないです。トーイは、ソラティーク様の印が好きみたいですね」

「ん？　ああ、そうだな。加護の印が好きだなんて、まるで神獣だな」

わしわしとトーイを撫でながら、「トーイは神獣か？」と嬉しそうに問いかけている。

――そうです、神獣です。

と、ツェリシナは心の中でだけ返事をしておく。

「神獣は加護が好きなんですか？」

「私が読んだ文献には、そうあった。神獣は誰もが知っている存在だが、その姿はほとんど見ることがないし、わかっていることも多くはないからな」

「そうなんですね……」

そうなると、ますます自分とヒスイの存在が気になってしまう。

でも、言いたがらないヒスイから無理やり加護のことを聞く気はない。とりあえず、しばらくは様子を見ることにした。

閑話　頑張る理由　――ヒスイ

ツェリ様の『執事見習いにする』という言葉に頷《うなず》いた俺は、大きなお屋敷に連れてこられていた。

どうやら、ここが普段ツェリ様の過ごしている家らしい。

俺とトーイは準備があるからと、別の部屋に連れていかれてしまった。お風呂《ふろ》というものにも入って、服だっていいものをもらったのに……これ以上何をするんだと考えてしまう。

トーイと二人で首を傾げながらじゃれていると、ノックの音がした。すぐに「はい！」と返事をすると、ゆっくり扉が開いた。

入ってきたのは、黒の執事服をびしっと着こなした男性だった。年のころは、おそらく五〇を越えているんじゃないかと思う。

優しい笑みを浮かべて、俺たちを見た。

「私はリンクラート侯爵家の執事、ハンリーといいます。ヒスイ、今日からあなたの教育もするようお嬢様から言いつかっております」

「――！　は、はいっ！　よろしくお願いします‼」

姿勢が綺麗《きれい》で、貫禄《かんろく》のある執事……この人に教育してもらえるということが、純粋に嬉《うれ》しかった。

これなら、学がなくて馬鹿な俺でも……きっとツェリシナ様の役に立つことができる。

「ふむ……返事は大変結構です。ではまず、執事服へ着替えてください」

「あ、はい……ありがとう」

手渡されたのは、俺の執事服だった。俺だけの服が嬉しくて、それをぎゅっと抱きしめる。けれど、すぐハンリーさんから注意を受ける。

「そこは、ありがとうございます、です。さあ、もう一度」

「あ、ありがとうございます！」

「ええ、よろしゅうございます。着替えの後は、少しだけ言葉遣いの勉強をしてからお嬢様と旦那《だんな》様のところへご案内します」

ハンリーさんの言葉に頷いて、俺はできるだけ早く服を着替えた。……つもりなんだけど、慣れない服のうえボタンもたくさんあって、着るまでに一五分もかかってしまった。

そんな俺を見て、ハンリーさんは優しく笑う。

「すぐに早く着替えられるようになります。……さて、それからその犬はトーイと言いましたね？」

「はい」

トーイにも何かするのだろうかと思い見ていると、ハンリーさんはストライプ模様のリボンを取り出して見せた。どうやらトーイに巻いてくれるようだ。

「ではトーイ、侯爵家の一員としてこのリボンを巻きましょう、悪さをしないようにするのですよ」

『わふっ』

「……っ、トーイ？」

トーイの首にリボンを巻こうとするハンリーさんに、トーイはぷいっと顔を背けてしまった。もしかしたら、ハンリーさんのことがあまり好きじゃないのかもしれない。

俺の先生になる人なのにと思い、トーイの前にしゃがみ込んで顔を見る。すると、嬉しそうに尻尾《しっぽ》を振って笑顔を見せた。

ちょ、トーイそれはさすがに露骨すぎるだろ……。俺がぐったり項垂《うなだ》れると、ハンリーさんは気にした様子もなく笑った。

「どうやら私は嫌われてしまったようですね。まあいいです。ヒスイ、このリボンをトーイに巻いてあげてください。侯爵家の紋章入りですから、トーイを守ってくれるでしょう」

「あ、はい……っ！」

ハンリーさんからリボンを受け取り、トーイの首に巻いて結ぶ。……うん、すごくお洒落《しゃれ》になって、俺と小屋で暮らしていたときの面影がまったくないほどだ。

「よかったな、トーイ。すごく格好《かっこ》いいぞ！」

『わふっ！』

どうやらハンリーさんは嫌いでも、リボンは気に入ったようだ。嬉しそうな表情で、くるりと回ってリボンを見せてくれた。

そしてここからは一〇分程度、この屋敷のルールと言葉遣いを教えてもらうことになる。

「この屋敷は王都にある別邸ですが、旦那様のお仕事の都合上、ほとんどをここで過ごしております。本邸は、領地の首都であるハルミルの町にあります」

「俺とトーイが最初に行ったところだ」

「そうです。基本的に屋敷ごとに使用人がいますが、執事や侍女など主人付きの者は一緒に移動することも多いです。お嬢様の執事見習いであるヒスイは、両方の屋敷を行き来することがあるかもしれません」

ハンリーさんの言葉を頭の中で整理して、頷く。

掃除をしたり料理をしたりする使用人は屋敷にいるけど、俺みたいにツェリシナ様と一緒にいる場合は二つの屋敷を行き来できる……ということみたいだ。

「屋敷は三階建てで、旦那様たちは三階に自室があります。食堂やゲストルームは二階にあり、一階には応接室があります」

「わかっ……りました」

「ヒスイの部屋は一階に用意されているので、あとで案内しましょう」

「……！　はい！」

俺に部屋があると聞いて、嬉しくなる。こんな立派な屋敷で暮らせるなんて、今まで一度も考えたことがなかった。

「やったな、トーイ！」

『わうっ！』

どうやらトーイも嬉しいようで、俺に飛びついてきた。……が、すぐにハンリーさんの咳払《せきばら》いにハッとして姿勢を正す。

「それでは簡単に、言葉の勉強をしておきましょうか」

「はいっ！」

俺は力いっぱいハンリーさんに返事をし、未熟だがやる気だけはあるということをアピールした。

今はまだこれが精一杯で、情けない。

でも、こんな機会はもう二度とないだろう。トーイを助け、苦しい生活から救ってくれたツェリシナ様のために死ぬ気で頑張るんだ。

3　領主代行生活の始まり

　夜が更けたころ、ベイセルが仕事から帰宅した。疲れているだろうに、背筋をしっかり伸ばしている姿は頼もしいとツェリシナは思う。

　ツェリシナは玄関口まで行き、声をかける。

「おかえりなさい、お父様」

「ああ、出迎えてくれてありがとう。ただいま、ツェリ。ソラティーク殿下がいらしたらしいが、問題はなかったか？」

「はい、特に何もありませんでした。トーイも懐いていたんですよ」

　ベイセルはコートを執事に渡しながら、「そうか」とほっとした様子を見せる。

　ヒロインと親しくしているという噂《うわさ》を気にしているんだろうと思いつつも、ツェリシナとしては破滅フラグを回避するためにもう少し仲良くなってもらいたい。

「しかしもう、日付も変わる時間だろう。普段であれば寝てる時間だろうに、どうかしたのか？」

　もしかしたらソラティークと何かあったのかとベイセルは思ったが、どうやらそうでもない様子。ベイセルは何があったのだろうと、ツェリシナを見る。

（お父様にはお見通しね）

　ツェリシナは苦笑しつつ、ベイセルの帰りを待っていたことを素直に告げる。

「実は、その、お父様にお願いがあって」

「ふむ……。そうだな、書斎で聞こうか」

「ありがとうございます」

執事に同席されることはもちろんだが、すぐに済む話でもない。言いづらそうにしているツェリシナを見て、ベイセルはすぐに書斎へ場所を移してくれた。

ゆっくり歩くベイセルの後ろ姿を見て、ツェリシナはごくりと息を呑《の》む。

ツェリシナが相談したいことは、領地を貸してくれないかということ。

今後の独り立ちのため、プレイヤースキルの領地システムを使いたいことはもちろんだが……少しでも自分が王都から離れていた方が、ソラティークがヒロインと上手《うま》くいくのではと考えたのだ。


ベイセルの書斎は壁一面にずらりと本棚が並び、色味の深い樹木でつくられた立派な執務机と革張りの椅子《いす》が置かれている。

その手前にあるソファへ、ツェリシナはベイセルと向かい合わせで腰かける。

執事のハンリーがツェリシナに紅茶を淹《い》れ、ベイセルにはワインを用意した。

「ツェリがこんな立て続けにお願いをしてくれるなんて、嬉しいよ。ヒスイのことか？」

「いいえ」

「うん？」

ドキドキする心臓を押さえながら、ツェリシナはベイセルの目を見る。

穏やかだった空気がピリッとし、どうやら何かのおねだり……という簡単なことではないらしいと察したようだ。

ベイセルは口をつけようとしていたワインを置いて、ツェリシナの話に耳を向ける。

「わたくし、自分の領地がほしいのです」

「……何？」

「もちろん、わたくしもすぐに一人でできるとは思っていません。ですから、お父様の領地を少しの間だけわたくしに貸してはいただけませんか？」

「…………」

ツェリシナの話を聞き、ベイセルは途端に厳しい表情になる。

快諾してもらえるとは思っていなかったけれど、ここまで受け入れてもらえないのか……と、ツェリシナの背中に嫌な汗が流れる。

でも、それも仕方がないことだろう。なんといっても、領地はとても大切なものだ。そこで暮らす民を守る役目を国王から託されているのだから。

「……ツェリ。厳しい言い方になってしまうが、お前のように加護のない者が領地を運営していくことはできない」

わかるだろう？　と、ベイセルは諭すようにツェリシナを見る。わざわざ難しいことに挑戦せず、女の子なのだから結婚するまで家で穏やかに過ごせばいいのだと言う。

でも、それではいけない。

最悪死刑、よくて国外追放だ。

（追放後の悪役令嬢がどうなるかなんて、私にはわからないのに……っ！）

もしかしたら追放後、酷《ひど》い目にあってしまうかもしれない。その可能性は、ゼロではない。だからツェリシナも、引き下がりたくはない。一人で生きていけるだけの力が、ほしいのだ。

「確かにわたくしは、お父様のおっしゃる通り加護がありません。一人で領地の運営なんて、無理でしょう。ですが、だからこそ……お父様に借りるというかたちで領地の運営を学びたいのです」

ぐっと胸を張り、まっすぐベイセルを見る。

しかしこれだけで許可をもらえるなんて、ツェリシナも思ってはいない。だからこそ、とってきの理由を口にする。

「加護なしだから何もできない王妃と、ソラティーク様の隣で言われたくはないのです……っ！」

「ツェリ……！　そんなことを考えていたのか」

ぎゅっと拳《こぶし》を握りしめ震えるツェリシナを見て、ベイセルは頼りない父親だったと自分を悔やむ。

今は父親である己が直接守ることができるが――確かに、嫁いでからはそうする機会はぐっと減る。ツェリシナ自身が自分で身を守れるならばそれに越したことはない。

ソラティークが浮気なんてしようものならば、ことさらに。ベイセルはそう考えるものの、しかしやはり可愛《かわい》い娘を屋敷からは出したくない。

「それなら、家庭教師を増やしてみたらどうだ？　今まで勉強していなかった分野の者を探してみよう」

何も外へ出なくても、屋敷で学べばいいとベイセルが提案する。しかしそれでは意味がないので、ツェリシナは首を横に振った。

「領地に行ったら、私も母も、側《そば》にいてやることはできないんだぞ?」

だから考え直してくれと、ベイセルが困惑する。……が、ツェリシナの意志は変わらない。

「はぁ。……頑固なところは、私に似たのか?」

「お願いします、お父様」

「……第二地区ならば、いいだろう。区画も狭く、一番発展していない場所だ。きっと三日ともたずに帰ってくる」

やれやれとため息をつきつつも、ベイセルは許可を出してくれた。

もっと、何日も粘らなければ許可を得られないと思っていたので、そうならなかったことにツェリシナはほっとする。

(第二地区って、治安が悪いのかな?)

ベイセルの言葉を聞く限り、きっと一番悪い場所なのだろう。頑固な自分を説得するよりは、無理難題を与えて泣き帰ることを期待していることがすぐわかる。

でも、それでも構わない。

「ありがとうございます、お父様――」

「だが、条件がある」

「条件……ですか?」

ツェリシナが礼を述べたところで、ベイセルが待ったをかける。過酷な地区というだけでは、どうやら容認できなかったようだ。

ベイセルはソファから立ち上がり、書斎机から一つの鍵《かぎ》を取り出した。

「……？」

（いったいどこの鍵だろう？）

見たことのない赤色の鍵に、ツェリシナは首を傾《かし》げる。この屋敷の部屋の鍵……にしては小さすぎるので、引き出しか何かの鍵かもしれない。

「ツェリ、こちらへ来なさい」

「はい」

ベイセルが本棚の本を一ヶ所強く押すと、きしむ音とともに本棚が横に動いた。どうやら、隠し扉になっていたらしい。そこへ、ツェリシナを招き入れた。

（嘘《うそ》、こんな部屋があるなんて知らなかった）

そこは六畳ほどの小さな部屋で、中には机と月明かりの入る天窓が一つあるだけだった。

目を瞬《しばた》かせて周囲を見回す。しかし、これといった物は何も置いていない。簡単な筆記用具があるだけだ。

「……まさか、これをツェリに渡す日がくるとは思わなかったよ。だが、それもまたいいだろう」

「お父様？」

ベイセルが引き出しから一つの小箱を取り出して、先ほどの鍵を使って開ける。すると、中から出てきたのは小さな種だった。

ころんと丸みを帯びた種は優しい茶色で、一枚の葉が大切に守るように種をくるんでいた。見ただけでは、花の種なのか、それとも薬草類の種なのか、ツェリシナにはわからない。

種がきちんと入っていることを確認したベイセルは、鍵と一緒にその小箱をツェリシナへと渡してきた。そして一言、微笑《ほほえ》みながら告げる。

「これは大樹の種だ」

「え……っ⁉」

各領地に一本だけ植えられている、この世界で国を守るための大切な樹。その種を、どうしてベイセルが持っているのだろうか。

（ううん、それよりも……種があるなんて知らなかった）

ゲームでは苗木をもらって育てていたので、こんなシナリオは存在していない。けれど、確かに種があったとしてもおかしくない……と、ツェリシナは考える。

（とんでもないレアアイテムだよね⁉）

それをツェリシナに、悪役令嬢に渡していいのですかお父様——と、心の中で絶叫する。とは言いつつも、もちろんもらえるならもらってしまうが。

「この種をツェリに託そう。……二地区に植え、半年以内に花を咲かせてみなさい。そうすれば、その領地は今後もツェリに任せよう」

「半年で……花を………」

（誰からの加護も得ていないのに？）

その言葉に、ごくんと唾《つば》を飲む。

大樹の育成には、加護の力が大きく関《かか》わってくる。

神々の加護をいただいている領主であれば、早ければ一ヶ月、遅くとも半年で花を咲かせることができるとされている。

四大精霊からの加護をいただいている領主は、早くても半年はかかると言われているのだ。

だから半年なんて、無茶ぶりもいいところだ。

ツェリシナはなんの加護も持っていないので、種を植えたとしても、もしかしたら芽を出すことすらできないかもしれない。それなのに、同じ条件で花を咲かせろというのか。

ぐっと、拳を握りしめる。本当なら、無理だと叫んでしまいたい。けれど、それならば屋敷にいなさいと言われるのが関の山だろう。

(……だったら、やるしかない。それに、私にはゲーム知識がある)

大樹のレベルを上げることができれば、加護がなくとも花が咲くかもしれない。領地運営システムは、加護がなくとも使うことが可能だ。

握っていた拳をほどき、ツェリシナは胸の前で手を重ねてまっすぐベイセルのことを見る。

「わかりました。必ず、わたくしの花を咲かせてみせます」

「……ああ。楽しみにしているよ、ツェリ。いつの間にか、そんなに力強い目をするようになっていたんだな」

「ありがとうございます、お父様」

(大丈夫、私ならできる)

ベイセルが驚くくらい、区画を発展させるのだと決意した。

＊＊＊

ツェリシナの父が持つ領地は、七つの区画に分けられている。

位置は、現在暮らしているここ王都から北西へ行ったところ。領地内には、大きな町が二つと、村が三つあり、そこからの税収入で運営をしている。

第二地区の場所は、領地内の西部分だ。

ベイセルから任せられたのはいいけれど、いまいち第二地区がどんなところかツェリシナはわかっていない。

もしかしたら、ヒスイが知っているかもしれないと尋ねてみたのだが――。


「え、二地区……ですか？　そこを、ツェリ様が運営するの――するんですか？」

「そうです。ヒスイは詳しいのですか？」

ヒスイにお茶を淹れてもらいながら、首を傾げる。

信じられないという顔をしているヒスイに、ツェリシナと同じく何もわかっていないトーイ。大きくため息をついたヒスイは、「今からでも場所の変更はできないんですか？」と問いかける。

（え、そんなにやばいところ？）

でも、父の領地なのだからよっぽどじゃないと――と思い、きっとそのよっぽどを割り当てられたのだろうと頭を抱える。確かに、一番発展していないと言っていた。

「……はぁ。二地区は、何もない。いや、何もって言うと語弊があるか……」

「?」

「一応、最近できた小さな村がある」

「え? ですが、お父様の領地にある村は三つだけだったと思うのですが……」

確かそこは、第二地区ではなかったような……と、なけなしの記憶を頼りに地図を思い浮かべる。

すると、ヒスイはとんでもないことを口にした。

「ハルミルの町にあるスラムから、人が何人か流れて小さな村を作ったらしいですよ?」

「えっ」

開いた口が塞《ふさ》がらないとは、まさにこのことだろうか。

「確か、ハルミルの町から馬車で一時間ちょっとの距離だったはず、です。もし行くのなら、普段はハルミルの屋敷で過ごせばいいんじゃないのか――ですか?」

「なるほど……」

(お父様の領地にスラムがあるなんて知らなかった。あ、そうか……私の財布を盗んだ子どもとか、そういった人たちが暮らしているのかも)

けれど、その人たちが町から出て小さな村を作ったのであれば……確かにしっかり管理しなければいけないだろう。

もし子どもが生まれたりしたら、加護の儀式だってしなければならない。ベイセルは多忙なので、足を運んで確認する時間もそう作れないのだろう。

まさかそれほどまでに悪い状態だなんてと、腕を組んでツェリシナはうーんと唸《うな》る。けれど絶対やり切ってみせると言ったのだから後戻りはできない。

「そうですね。ヒスイの言った通り、ハルミルにある屋敷で過ごすようにしましょう。ゆくゆくは、第二地区に自分の屋敷を持てたらいいのですが……だいぶ先になりますね」

「俺は別にいいけど……二地区に屋敷っていうのは、大変なんじゃないのか？」

ヒスイの言うことはもっともで、第二地区にはきっと十分な資材や人手もないだろう。まずは村を大きくし、流通網を作らなければいけない。

（でも、ちょっとした家くらいだったら造っておいてもいいよね？）

ちゃんとした屋敷は、またあとから建ててもいいだろう。

「いろいろ課題が山積みですからね。ただ、屋敷を持てたとしても二人だけで住むわけにはいかないですから、人を雇わないと移れないですね。侍女も必要ですし……」

いくらツェリシナ付きの執事見習いとはいえ、ヒスイは男だ。二人で住むことはもちろん許されない。ツェリシナは自分でほかの使用人も探さなければいけない。

「別に、今の侍女でいいじゃ……ないですか」

「それは駄目です。彼女の雇用主は、お父様ですから」

だから自分で雇わなければいけないのだと、ツェリシナはヒスイに微笑む。

ツェリシナとて、当初は自分の侍女を連れていく気だった。アンナは仕事もでき、しっかりしている。しかし屋敷にいることを望む父により――どんどん追い詰められてしまっていた。

人手を用意することもできないのであれば、屋敷にいればいいだろう？　――と。

「ですが、お父様の言うことももっともなんですよ？　それにわたくしが独り立ちするには、どうしてもわたくし付きの侍女は自分で探さないといけませんから」

「ふぅん……。まぁ、ツェリ様がそれでいいなら俺は別にいいけど――ですけど」

「ふふ、言葉遣いが少しずつ身についていますね」

「まだ全然ですけどね」

うっかりするとすぐに素の口調で話してしまうヒスイに微笑みかけて、「視察に行きましょう」と告げる。

これは別に侍女を伴う必要がないので、ヒスイと二人で行くことができるのだ。トーイも連れていくので、何か問題が起きても大丈夫だろう。

「今日から、わたくしの好きにしていいとお父様には言われているんですよ」

「わかりました、準備します」

「お願いしますね。ハンリーに聞けば教えてくれるはずですから」

ヒスイはわかったと頷《うなず》き、部屋を出ていく。

ツェリシナも服を着替えたりして準備を進める間、与えられた領地のほとんどができたばかりの村と知らされ……さてどうしたものかと頭を悩ます。

「とりあえず、見てから考えよう……」

＊＊＊

王都から馬車で出発し、リンクラート領に入って西へ進むと広がっているのは一面の荒地《あれち》だった。

ところどころ草木が生えてはいるけれど、土は乾燥して栄養もあまりなさそうだ。

（ここが、二地区……）

地図で確認すると、隣の領地との境に森があるくらいだろうか。資源を手に入れるのも大変そうで、幸先不安だなとツェリシナはため息をつきたくなる。

「………」

（お父様、本気で私に家にいてほしいんだ……！）

予想以上に無理難題をふっかけられたのだなぁと、ツェリシナは苦笑する。

まずは馬車で第二地区の周囲を回り、様子を窺《うかが》ってみることにした。

端から端までは、馬車を使えば一日……というくらいの距離だろうか。これなら短い時間でも十分見て回ることができると安堵《あんど》する。

「まずは、新しくできたっていう村へ行ってみましょう」

「わかった」

御者をしてくれているヒスイに伝えると、周囲を見るために停《と》まっていた馬車がゆっくりと動き出した。

数時間すると、小さな木造の小屋がいくつも視界に入った。どうやら、家という形はちゃんと保っているようだ。

もしテントの集まりだったらどうしようかと不安だったが、そこまでの心配は不要だった。

「着きましたよ。……一応、聞いた話だとほかの町にあるスラムよりはずっといいらしいです」

「え、そうなんですか？」

驚くツェリシナに、ヒスイは頷く。

「俺もスラムにいたことがあるから、そういった話は知ってるんだ。まあ、最近はトーイと一緒に小屋で暮らしてたけど」

「そうだったの……。これからはわたくしがこの村をまとめるのだからなおさら頑張らないといけませんね」

地図にない村だから、上手《うま》くいけば追放後ここに住むこともできるんじゃないか？　なんていうあざとい考えも脳裏をよぎる。

ヒロインに酷《ひど》いことをしなければ、それくらいは許してもらえるかもしれない。

そのためにも、まずはこの村を豊かにしなければ。

「……とりあえず、中心部に行こう。荷物は盗まれるといけないから俺が――っと、持ちます」

「ありがとう、ヒスイ。お願いしますね」

また財布を盗まれてしまってはたまらない。今度も上手く取り返してもらうことができるかはわからないので、慣れているらしいヒスイにすべてを任せることにした。

これからすることは、この『村』を作った中心人物に会うことだ。

ツェリシナがこの地区を任されたことを伝え、ベイセルに渡された大樹の種を植える。そうすれば、大樹の力でこの枯れた土の環境も向上するはずだ。

（問題は、加護なしの私が大樹を育てられるかっていうことだけど……）

こちらには神獣であるトーイもいるので、なんだかんだで上手くいくかもしれない。今はそう、ポジティブに考えていくことにした。

＊＊＊

地図にないこの村は、広場を中心として南西側に小さな木造の家が五つあった。

どの家も造りは同じで、平屋になっている。外観は質素で、特に飾りや花が植えられているということもない。

ひとまず住めればいいというのが、伝わってきた。


ツェリシナがヒスイとトーイを連れて村の中を歩くと、広場に小さな子ども三人と、二〇代の女性が二人いた。どうやら大鍋《おおなべ》で食事の準備をしているようだ。

ツェリシナに気づき、警戒した目でこちらを見てきた。

（食料はあるのね、よかった……）

ツェリシナはほっと息をついて、女性に声をかける。

「わたくしは、ツェリシナ・リンクラートと申します。この村のまとめ役の方にお会いしたいのですが、ご案内いただけますか？」

「貴族がどうして、ここに……」

「えっと、案内します。こっちへ」

「ありがとうございます」

一人は驚き、もう一人が慌ててツェリシナに案内を申し出てくれた。

子どもたちは不思議そうにこちらを見てから、トーイを見て少し体を震わせた。どうやら大きな犬だと思い、怖かったようだ。

「ソフィ、私がアントン爺《じい》のところに案内するからご飯を作ってて」

「わかった、お願いね。それじゃあ、オデットが帰ってくるまで私たちだけで進めるわよ！」

「「はーい」」

オデットと呼ばれた女性が「こちらです」と歩き出したので、ツェリシナたちもついていった。

案内された場所は、広場のすぐ左手にあった小屋だった。戸を叩《たた》くと、中から一人の老人が顔を出した。

どうやらこの人物がまとめ役らしい。

「なんじゃ、騒がしい」

「あの、お客様を……」

「お客、様？」

なんとも仰々しい言い方じゃなと老人が笑おうとして、けれど後ろにいたツェリシナの姿を見て目を見開いた。ぱくぱく口を開いて、視線をさまよわせている。突然のことで、驚いたのだろう。

すると、もう一人別の三〇代くらいの男性が奥から出てきた。

「なんだ、どうしたって――……」

そしてまた、ツェリシナを目にしてフリーズする。

そんな二人に苦笑しつつも、ツェリシナは優雅に一礼をしてから口を開く。

「お初にお目にかかります。わたくしは、ツェリシナ・リンクラート。この領地を治めるベイセル・リンクラート侯爵の娘です。どうぞよろしくお願いいたします」

「領主様のご令嬢が……⁉」

「こ、これ！　ガッツ、まずはご挨拶《あいさつ》が先じゃろうて。わしはここのまとめ役をしております、アントンと申しますじゃ」

「し、失礼した……！　俺、じゃない、私はガッツ。主に、家造りや畑作りをしている」

簡単に挨拶を行い、ツェリシナは心の底からほっとした。

もしも、貴族に敵意などを持っていて話すらできない状況だったら……と、不安だったのだ。頭ごなしに怒鳴られでもしたら、どうしようかと思っていた。

（……きっと、この村での生活を守りたいと思ってるんだ）

だからこそ、ちゃんと話し合いをしようとしてくれているのだろう。

ガッツは怯《おび》えるようにツェリシナを見て、絞り出すように声を出した。

「その、ここに勝手に家を建ててしまったことを……領主様は怒っているんでしょうか？」

ツェリシナに問いかけるガッツの手が、少し震えていた。もしかしたら、すぐに撤去するよう言われると思っているのかもしれない。

まずは安心させるように、首を振って微笑《ほほえ》んでみせる。

「いいえ、お父様はこの村をわたくしに任せてくださるようです」

「ツェリシナ様に、ですか……？」

「はい」

それを聞いて、ガッツは大きく目を見開いた。

なぜなら、領主の娘であるツェリシナが加護を得ていない令嬢という話はとても有名な話で――

おそらくこの領地に住んでいたら、知らない者などほとんどいないからだ。

だからガッツは、この土地は見捨てられたのだと……そう判断してしまったのだろう。

「それは、ええと、その……」

「ガッツ。上がってもらうのが先じゃろう。何もない家で、おもてなしもできませんが……」

「いいえ、お気遣いいただきありがとうございます」


木造の小屋は、一部屋あるだけの簡素な造りだった。

真ん中に四人掛けのテーブルがあり、奥には二段ベッドが置かれている。入り口すぐには水を汲《く》んだカメがあって、その横には手作りの棚があり生活用品が並んでいる。

生活するための最低限の家具があるだけだ。

勧められてツェリシナが椅子《いす》へ腰掛けると、ガッツがお茶を用意してくれた。それに礼を言い、そういえば……と、後ろを振り返る。

「ヒスイ、トーイは……」

「外で待ってもらってます」

「そうですか、ありがとうございます」

さすがに大きな犬を家の中に勝手に入れるわけにはいかない。申し訳ないがそのまま外で待っていてもらうことにする。

アントンとガッツにヒスイのことを紹介して、さっそく本題に入る。

「単刀直入に言います」

「は、はい……」

ツェリシナは真っ直《す》ぐにアントンとガッツを見て、ひとつ深呼吸をした。

「わたくしはこの村で大樹を育て、領主代行として第二地区を運営したいと考えています」

「それは、ここを村としてみとめてくれる……ということですじゃ？」

「はい」

アントンの質問に、ツェリシナは微笑んで頷《うなず》く。

ツェリシナが領主代行としてこの村を認め、アントンが村長になる。そうすると、この村は国から認められ、名前を持ち、地図に載ることができるようになるのだ。

細々と暮らし始めていたアントンたちにとっては、とても嬉《うれ》しい話だった。

問題はツェリシナが加護なしという点ではあるが……もともとこの土地は痩《や》せこけていて、加護なしの領主代行が来たとしてもこれ以上悪化するようなことはないだろうと考える。

そもそも、代行なので本来の領主は父親であるベイセルのままだ。

ゆえに、この地は一応ベイセルの加護下にあると思ってもいいだろう。

アントンはそういったことを考え、村として認めてもらえるのであれば大歓迎だと頭を下げた。

「よろしくお願いいたしますじゃ、ツェリシナ様。ここはわしとガッツのほかに、少ない人数しかいませんが……お力になれるよう、ご協力させていただきますじゃ」

「いいえ、とっても頼もしいです。どうぞよろしくお願いいたしますね、アントンさん」

互いに挨拶を終え、この村のことを確認していく。


まだ名前のないこの村の人口は、一四人。

アントンとガッツのほかに、二〇代の男性が三人、女性が二人。それから子どもが男女合わせて七人。全員がハルミルの町のスラム出身で、血の繋《つな》がりはない。みんなで手を取りながら協力して、毎日の食事などを用意しているのだという。

（外で大鍋を使って食事の準備をしていたものね）

あったかい村だな……と、ツェリシナは嬉しく思う。ここでなら、加護なしと呼ばれる自分でもやっていけるかもしれないと。

（少しずつでもいい、ここの人たちに認めてもらおう）

そして目指すは、大きな村だ！

もちろん、最終的に町へ発展できたら一番いいけれど……ひとまずの代行任期は半年間だ。おそらくその間に、婚約破棄イベントもやってくるだろう。

そのときひとりぼっちにならないように、たくさん味方を増やしておきたい。

そう、この村をゲームシステムの力を利用し発展させて——ゆくゆくは、追放された後の拠点にできたらいいと思っている。

だから今のうちに、村の人たちと交友関係を築いておきたいのだ。

もちろん、本当に国から出て行かなければならないかもしれないが、縁を作っておくのはとても大切だとツェリシナは思っている。

「それじゃあ、大樹を植えましょう。アントンさん、この村の中心に植えてもいいですか？」

「もちろんでございますじゃ！　まさか大樹を植える瞬間に立ち会えるなんて」

アントンとガッツの二人は息を呑《の》み、本当にこの村に大樹が植えられるのか……と、驚きを隠せないでいる。

大樹は、自身を中心に大地や周囲に加護をもたらす。

その効果は、大樹の主《あるじ》に比例する。

たとえば町や村に結界を張り外敵の侵入を防いだり、植物の成長を促したり、動物たちの健康を守ったりすることができるのだ。

そしてもっとも大きいのが、プレイヤーが使える『アースガルズシステム』。ツェリシナはこれからそれを使って、この村を――領地を発展させるのだ。

＊＊＊

「緊張しますね……」

「ツェリ様なら大丈夫だろ、ですよ」

「ありがとう、ヒスイ。まずは発芽を目指しましょう！」

アントンの家を出て、ツェリシナは村の中心である広場へ向かった。とは言っても、アントンの家のある場所がほぼ村の中央に位置しているのですぐそこだ。

今から何かが始まるようだと、アントンとガッツ以外の村人たちも広場に集まってきた。情けない姿は見せられないなと、ツェリシナは気合を入れる。

（植える場所はどこにしよう）

中心といっても、ちょうど真ん中である必要はない。大樹が成長することも考え、種を植える場所にはある程度の広さも必要になってくるのだ。

広場から北東部分は何もないので、そこに種を植えることに決めた。ここならば、今後畑などを作っていくにも十分な広さがある。

「ここに種を植えようと思うのですが、いいですか？」

「もちろんでございますじゃ。ツェリシナ様の御心《おこころ》のままに」

「ありがとうございます」

ツェリシナがアントンに確認をし、次はヒスイへ顔を向ける。

「それじゃあ、ここに植えましょう。ヒスイ、種を出してもらってもいいですか？」

「はい」

『わうっ！』

ヒスイが種を取り出したところで、トーイが植える予定の場所へ行って土に鼻を擦《こす》りつけ始めた。

そのまま探るように歩き、ある場所でぴたりと止まった。

『わんっ‼』

「え？」

いったい何事だとツェリシナが驚いていると、トーイが器用に足を使って地面の土を掘り始めた。

どうやら、種を植えることを理解し、周囲の土を柔らかくしてくれているようだ。

あっという間に土を掘り、誇らしげにひと声『わふっ！』と吠《ほ》える。

ツェリシナは耕し終わって戻ってきたトーイを撫《な》でて褒めてあげる。

「ありがとうございます、トーイ！　これならすぐに種を植えることができますね」

『わんっ！』

褒められたことがちゃんとわかっているようで、トーイは尻尾《しっぽ》を振ってその喜びをあらわにした。

ツェリシナはヒスイが用意した小箱から種を取り出して、手の中へ。

触れただけで、ちゃんと育てられるだろうか……という不安で心臓がばくばく音を立てる。後ろでは、ヒスイを始めアントンや様子を見にきた村人たちが見守ってくれている。

「それでは、大樹の種を植えますね」

深呼吸してから宣言し、ツェリシナは土を軽く掘って大樹の種を置く。

（大樹は、主人の影響を受けて成長する。私がちゃんとしなければ、立派に育つどころか枯れてしまう可能性だってある！）


今回の場合は、種を植え領主代行をするツェリシナが大樹の主人となる。

成長するのに必要なのは、その主人の本来の資質と加護の力だ。強い加護を持っていれば持っているほど、大樹は成長し恵みをもたらすと言われている。

神の加護を得ている領主が育てている大樹は花を咲かせ、毎年豊作になっていると聞く。それを自分がちゃんとこなせるだろうか？　そんな不安が、少しだけある。

（……大丈夫、きっと立派に育つ。私には前世の知識があるんだから）

そう思いながら、ツェリシナは種の上に土をかぶせた。あとは毎日水やりをして、大樹が成長することを祈るばかりだ。

「ツェリ様、どうぞ」

「水を用意してくれたんですね。ありがとうございます、ヒスイ」

ヒスイから水の入ったジョウロを受け取って、ツェリシナは大樹の種を植えたところに水をやる。

――するとどうだろうか、地面が少し揺れたことに気づく。

「……え？」

「ん？」

ツェリシナ同様に、ヒスイも違和感に気づいたらしい。横に来て、一緒に大樹を植えた地面を覗《のぞ》き込むように見た。

ぴょこっ！

「きゃぁっ！」

突然のことにツェリシナは驚き、思わず尻餅《しりもち》をつきそうになるが――すんでのところで、ヒスイが後ろから受け止める。

「芽が……」

そう、ヒスイが呟《つぶや》いた通りに……地面から小さな芽が出てきたのだ。

二枚の葉は黄緑色で柔らかく、その背丈はまだほんの数センチほどしかない。けれど、大樹とはいえそんなに早く育つものなのか……と、全員がざわつく。

「なんということじゃ……自分の目で見ているものが、信じられんのじゃ」

「すげぇな、大樹は、自然の理《ことわり》を無視して育つのか」

「村はよくなるの？」

「畑で作物が育つ……？」

アントンやガッツをはじめとした村人たちの声が、ツェリシナの耳に届く。

しかし、一番驚いているのは何を隠そうツェリシナ本人だったりする。

（うそうそうそ、なんでもう芽が生えてるの⁉　植物っていったら、最短でも発芽に数日はいるのに……！）

大樹だからなのか、それともここがゲーム世界だからなのか、ツェリシナにはわからない。けれど、大樹の成長は主人によるのでおそらく前者だろう。

首を傾《かし》げつつも、ツェリシナは立ち上がって集まっている村人たちを見る。その誰もが、期待で瞳《ひとみ》を輝かせていた。

これはすごいプレッシャーだなと、ツェリシナは震える自分を鼓舞する。

「……わたくしはツェリシナ・リンクラートです。本日から、ここ第二地区の領主代行を務めさせていただきます。見ていただいた通り、今植えたのは大樹です。わたくしたちも、この大樹とともに成長していきましょう」

「「「はいっ‼」」」

ツェリシナが声をかけると、一斉に力強い返事がされた。

さあ、これからが本番だ。

＊＊＊

この村での活動場所がほしかったツェリシナは、アントンに簡単なスペースでいいので用意してもらおうと考える。

材料費と賃金を渡し、村の住民に造ってもらうのがいいだろう。

「ヒスイ、アントンさんにわたくしの拠点となる場所を造ってもらえるように話してきてもらってもいいですか？　お金はここに用意してあります。今はまだ、簡単な家で構いません。屋敷などが必要になったら、それはそのときに改めて相談しましょう」

「ん、わかりました」

ヒスイは受け取った袋の中を確認して、顔をしかめる。

「これじゃあ、多すぎると思う」

専門の大工ではなく村人に頼むのであれば、もっと安い賃金でいいとヒスイが告げた。

ツェリシナは相場を知らなかったので、頼りになるなとヒスイを見る。返されそうになったお金は受け取らずに、言葉を続ける。

「必要な家具などもあると思うから、それはひとまず渡しておきますね。もし必要なものがあると思ったら、ヒスイの判断で購入して構いませんから」

「え、私がですか……？」

「もちろん。ヒスイはわたくしの執事ですから」

「……っ！　わかりました！」

信頼しているのだということを告げると、ヒスイはぱっと嬉《うれ》しそうに顔をほころばせる。そしてすぐ、「任せてください！」と頼もしい返事をしてくれた。

「それじゃあ、アントンさんに相談してきます。トーイ、ツェリ様の側《そば》にいて守ってやってくれ」

『わう！』

「頼もしい護衛ですね」

アントンの家へ行くヒスイを見送りながら、ツェリシナはトーイと一緒に馬車の中へ。今からすることは、ヒスイにも内緒にしなければいけない。

実はそのために、こうしてアントンの下へ向かわせたというのもある。

馬車のドアを閉めて、深呼吸。

「……アースガルズシステム、【起動】」

✦ツェリシナ・リンクラート✦

所有大樹：Lv.1

守護神獣：トーイ

所有領地：アルバラード王国リンクラート領第二地区

領民：15人

大樹スキル

豊穣の加護 Lv.1：大樹の半径25メートルの作物がよく育ち、土の品質アップ

ツェリシナが力ある声を発すると、目の前にホログラムプレートが現れた。

そこに書かれているのは、本人情報と大樹と領地の情報だ。領地の情報を、数値化して自分の目で確かめることができる。

これはゲームプレイヤーが使えるシステムで、『アースガルズシステム』という。

（よかった、ちゃんと見れた）

もしかしたらヒロイン以外は起動しない可能性もあったので、ほっとする。ゲーム中にヒロインが『アースガルズシステム、起動』と言っていたのを覚えていたのが幸いした。

「基本情報は、私が認識しているのと同じね」

大樹レベルは特定の条件をクリアすると上がっていき、10レベル毎《ごと》にイベントが発生する仕組みになっている。ツェリシナにとっては、まだ先のことなのでここでは割愛させてもらう。

「……って、トーイが守護神獣になってる!?」

なにこれすごい、無敵では……？　なんて考えが脳裏に浮かぶ。

守護神獣とは、領地を守ってくれる守り神のような存在だ。縄張りになるためほかの強い魔物がやってこなくなる。

ヒスイの友達というポジションだと思っていたけれど、トーイはちゃんとツェリシナの味方でいてくれたようだ。

「あぁんトーイ、めっちゃ嬉しいよ～！」

誰も近くにいないのをいいことに、上品な言葉遣いなんて使わずにトーイのことを撫で回す。そのもふもふした毛が気持ちよくて、ずっと抱きしめていたい。

『わんっ』

「うぅぅ、トーイいい子！　大人しく撫でさせてくれるし、なんてお利口さんなの……っ！」

トーイを満足いくまで撫で回して、ハッとする。

「そうだった、アースガルズシステムだった！」

画面を見て、ツェリシナはなるほどなるほどと頷《うなず》く。

大樹のレベルはのんびり上げていけばいいけれど、まずはスキルを獲得する必要がある。

「スキルは大樹のレベルアップで解放されるものと、クエストで解放されるものと……恋愛イベントで解放されるものがあるんだけど――」

たとえば告白し恋人になったり、手を繋《つな》いだり、キスをしたり。そういったことをするのが必要になってくるのだ。

「ん～～～～」

恋愛イベントで解放されるものに関しては、仕方ない、すっぱりと諦《あきら》めよう☆　だってツェリシナは誰からも愛されていない悪役令嬢、スキル解放できるわけがないのだ。

「今覚えてるのは、大樹レベル1で解放される豊穣か……レベル1は、大樹の半径二五メートルの土の品質アップ」

まずはここに畑を作るのがいいだろう。

「作物を育てて解放されるスキルもあるから、まずはそれを目指そうっと。んで、嬉しいことに村人は一五人……一五人？」

（アントンさんの説明では一四人だったはずだけど……あ、ヒスイか！）

ツェリシナの執事として一緒に領地にいるのだから、ここの領民に換算されたのだろう。それなら、一四人の村人とヒスイを合わせて一五人で間違っていない。

領民の人数で解放されるスキルもあるから、どんどん発展させていく必要がある。

「ふふ、スキル解放の条件ならほぼ暗記してるから……アースガルズシステムを手に入れた私ってもしかして無敵じゃない!?　それに、レベルを上げれば大樹の花が咲くかもしれないし」

ベイセルの課題もクリアできるし、悪役令嬢の婚約破棄イベントが発生しても怖くはない！　はずだ。

そう思うと、思わず笑みが溢《こぼ》れるツェリシナだった。

＊＊＊

ガタゴトと揺れる馬車の中で、ツェリシナはにやける顔を必死に抑えようとしていた。だって、今日は嬉しいことばかりだったのだ。

発芽すらしないかもしれないと思っていた大樹の種は芽を出し、村に住む人たちには快く迎え入れてもらうことができた。

こんなに幸先がいいなんて、自分のポジションは本当に悪役令嬢？　と、疑いたくなってしまう。

「……どうしたんですか、ツェリ様」

「ヒスイ！　いいえ、なんでもありませんよ？」

「そうですか？」

どうやらツェリシナの嬉しさがもれ出して、ヒスイにも伝わってしまったようだ。熱を持ってしまった顔を隠すように頰《ほお》を手で包み込む。

そんなツェリシナを、ヒスイはじっと見る。

「ツェリ様って、本当にお淑《しと》やかですか？」

「えっ？」

ふいにかけられた言葉に、ドキッとする。だってまさか、そんなことを言われるとは思ってもみなかった。

（誰の前でも素は見せてないのに）

洞察力に優れているのだろうかと、ツェリシナもヒスイを見る。

「きっと、わたくしが行動的だからそう見えるだけではないですか？　領地を運営したがるなんて、普通の令嬢はしませんから」

「まあ、そうでしょうね」

それについてはヒスイも納得したようで、頷いてくれた。

けれどやっぱりツェリシナのことに関しては疑っているらしく、ジト目で見られてしまった。ひとまずお上品に微笑《ほほえ》んで、誤魔化しておく。

そして話題を変えるように、ツェリシナは今後のことをヒスイに話す。

「まずは、作物の苗を村の中心に植えたいと思います。大樹の近くです」

「ああ、食料の確保は大事ですからね。となると、芋類とかがいいですかね？」

「そうですね、そうしましょう！　ふふ、楽しみですね」

あっさり次にすることが決まった。

それに伴い、ツェリシナの機嫌もどんどんよくなっていく。それもそのはずで、作物を収穫すると新しく解放される大樹スキルがあるからだ。

ひとまずの目標は、大樹レベルを5にすること。レベル5になると、大樹の周囲に魔物が寄ってこなくなるのだ。

つまり、村の周囲の柵《さく》をそこまで強固にしなくていいし、魔物への備えや警戒もしなくていい。ただ、これはあくまでもツェリシナが知っている情報で、ほかの人は知らない。

ある種の結界のようなもので、このレベルまで大樹を成長させるのが領主の第一の役目でもあるだろう。

＊＊＊

それから数日後、ツェリシナはヒスイ、トーイとともに再び村を訪れた。

とはいえ、変わった様子はない。村人たちの生活は以前と同じままで、女性と子どもが村の広場で料理をしている。

その近くにあるのは、大樹の芽だ。

「まずはお水をあげましょう、ヒスイ」

「はい。どうぞ、ツェリ様」

大樹の若芽に水をあげ、ツェリシナはやってきたアントンとガッツに声をかける。

「今日は新しい畑を作ろうと思うんです」

「え？　畑でしたら、村の北に作ってますが……」

ただ、あまり作物の成長はよくない。土の栄養が少なくて、実がならないのだ。ガッツもどうにかできないかと試行錯誤しているのだが、どうにも上手《うま》くいかない。

そういったこともあり、あまり新しい畑を作ることに乗り気ではないようだ。

（でも、大樹スキルの【豊穣の加護】があるから大丈夫なんだよね！）

ただ、このスキルはレベル1なので半径二五メートルという制限がある。けれど、人口を考えれば十分だ。

「大丈夫ですよ、ガッツさん。大樹の加護がありますから」

「大樹の……？」

「はい。大樹のすぐ横に畑を作って、ジャガイモの苗を植えましょう」

「……わかりました。ツェリシナ様がおっしゃるのであれば」

ガッツは頷いて、ちょうど村に帰ってきた二人の青年に声をかけた。どうやら、畑を耕すための人手のようだ。

「わたくしたちは、馬車からジャガイモの苗を持ってきましょう」

「では、その間に土を耕しておきますね」

「お願いします、ガッツさん」

ツェリシナがお願いすると、トーイが『わふっ！』と吠《ほ》えて畑予定地まで駆けていった。どうやら、耕すのを手伝ってくれるらしい。

（神獣の耕した畑とか、すごい作物が育ちそう！）

ご利益がありそうだと、ツェリシナは微笑みながらその様子を見た。


「ツェリ様、苗は私が持ちますから」

「わたくしにも手伝わせてください。これが最初の一歩なんですから」

馬車に戻って苗の入った箱をツェリシナが持つと、慌てるヒスイに止められてしまった。これは領主の仕事ではないから、と。

けれど、そんなことを言っている場合ではない。この村は人手不足で、のほほんと見物しているわけにはいかないのだ。

ツェリシナが意思を曲げないとわかったからか、ヒスイは苦笑して「仕方ないですね」と許してくれた。

畑予定地に戻ると、もう半分ほど耕し終わっていた。

「わ、早いですね」

「そんなに面積があるわけじゃないですからね。大樹の周囲、半径二五メートルくらいまででいいんでしょう？」

「そうです」

もちろん、大樹が今後育つことも考え畑の位置を決めてある。

「……にしても、これはいったいどういうことですかい」

「ガッツさん？」

頭をかきながら、「ありえない」とガッツが呟《つぶや》いたのをツェリシナは聞き逃さなかった。特に変わったところはないけれど……何かあっただろうか。

「土がおかしいんですよ。村の土は栄養がなくて固いってのに、なぜかここの土は柔らかいんです」

「そうなんですか？」

ガッツの言葉に、大樹の効果だろうということがすぐにわかった。おそらく、土の性質がよくなっているのはスキル効果がある半径二五メートルだけだ。

「これが大樹の力ですかい？」

「そうです。大樹はわたくしたちに恵みをくださり、見守ってくれているんですよ」

「すごいですね……」

感心したガッツは、目尻《めじり》にじんわり涙を浮かべて畑を見た。

ツェリシナは周囲を見回して、こちらの様子を窺《うかが》っている子どもたちの存在に気づく。

「それじゃあ、耕し終わったところから苗を植えましょう。皆さんにも、手伝っていただいていいですか？」

「もちろん！」

「私もできるよ」

子どもたちに声をかけると、すぐにツェリシナの下へ集まってきた。ジャガイモの苗を手渡すと、嬉《うれ》しそうに受け取り畑まで行く。

「ようし、俺が一番いっぱい植えてやる！」

「私だって、できるよ！」

「こら、喧嘩《けんか》しないでちゃんと植えろ！」

「「はぁーい」」

ふざけ合う子どもたちに、ガッツからお叱《しか》りが飛んでいく。子どもたちはすぐ真面目《まじめ》に作業をこなし、予想以上の働きを見せてくれる。

狭い面積なので、あっという間にジャガイモ畑ができあがった。

《ピロン！　大樹レベルが2になりました》

「あっ」

「ツェリ様？」

『わう？』

突然脳内に響いた声に驚いて声をあげると、隣にいたヒスイとトーイが不思議そうにツェリシナを見た。

「いいえ。花も育てられたらいいなと考えたら、思わず」

「花、ですか……」

うっかり名案だと思って声に出してしまいましたと、ツェリシナは笑って誤魔化す。

（いけないいけない、気をつけないと……）

大樹レベルを2にするには、大樹の周囲に作物を植えることが条件だ。誰でもすぐに行うことなので、うっかりしていた。

しかもあんなレベルアップ通知が来るとも思っていなかった。びっくりするのも仕方がないのではないだろうか。

（まあ、序盤のゲームなんてどれもこんなものか）

すぐにでもアースガルズシステムを起動したいけれど、ここには人が多いので確認は後回しだ。

それに、ツェリシナは大樹レベル2になるとどうなるかもちゃんと覚えている。

レベル2で解放される大樹スキルは、【甘い蜜《みつ》】だ。

これは、大樹から甘い香りが発せられて、蝶々《ちょうちょう》などを呼び寄せる効果がある。レベルが上がると、蜂《はち》や小動物もやってくる。

（そうすれば、蜂蜜も採取できるようになる！）

この世界で蜂蜜は高級品なので、レベルを上げて養蜂《ようほう》ができれば村も潤ってくるだろう。かなり順調な進み具合に、思わず頬が緩む。

（どれくらいで効果が出るのかしら？）

そうツェリシナが思っていると、ヒスイが「蝶々だ」と声をあげた。見ると、一匹の蝶が大樹の葉にゆっくりとまった。

どうやら、すでにスキルの効果が発揮されたらしい。

上手くいきすぎて怖いくらいだ。何か成果が出たらお祭りやどんちゃん騒ぎをするのもいい、そんな風に思いながらツェリシナは村を見た。

閑話　作物の育たない村　――アントン

リンクラート領の第二地区、そこに領主に何も告げずに家を建てて勝手に住むことにした。いや、家というには粗末すぎるから……小屋と言うのがいいじゃろうか。

わしはその村のまとめ役をしている、アントン。みなにはアントン爺《じい》と呼ばれ、一応は慕ってもらっているつもりじゃ。

ただ、ここは酷《ひど》い荒地で作物が育ちにくく……井戸はあるが水はあまり出ていない。


どたどたした足音が耳に届き、ガッツが帰ってきたのだろうと戸に視線を向ける。案の定、戸はすぐに開きガッツが入ってきた。

頭をがしがしかいていて、どうにも機嫌はよくないようじゃ。

「また駄目だった、植えていた作物は枯れたみたいだ」

「やはり、ここの土は栄養がないんじゃな……」

「かもしれないな。このままじゃ食い物に困るから、俺は若いのを何人か連れてハルミルの町へ数日行ってくる。帰りに、食料と丈夫な作物の種でも買ってくるさ」

ガッツの提案に、わしは頷《うなず》くことしかできない。

ハルミルに行ってもこんな年寄りを雇ってくれるところはあまりないじゃろう。村で子どもたちの面倒を見ている方がよほどわしは役に立つ。

幸いなことに、ガッツを中心とした男手が野生動物を狩ってきたので肉はまだある。それがあれば、数日くらいは暮らしていけるじゃろう。

「いつもお前にばかり負担をかけて、すまないのう」

「そんなん気にすんなよ。俺は、アントン爺がここをまとめてくれてるから助かってるんだ。じゃなきゃ、こんな集まりはとっくに終わりを迎えてただろうよ」

「まったく。口が上手すぎじゃ」

わしは静かに笑って、家の中を見回す。

明かりを付ける魔道具を買う金がなかったため、天井には太陽の光を取り入れるための窓。日が沈むのとほとんど同時に寝て、朝陽《あさひ》とともに目覚める。

ガッツはそんなわしに苦笑して、口を開く。

「ここに住み始めてから、一ヶ月か……。畑もよくなんねぇし、ずっとこのままってわけにはいかないかもしれないな……」

「作物が育たないと、わしらも生きていけんからの」

「水は川へ汲《く》みにいけばいいが、こればっかりはなぁ……」

いつも気丈に振る舞うガッツが、愚痴のような、弱音のようなものをはいた。これは珍しい、そう思うと同時に……かなり無理をさせてしまっていることに気づく。

……そりゃあ、疲れも溜《た》まっているじゃろうて。

ここに住み始めて一ヶ月、ガッツは一日も休んではいない。もしここでガッツが倒れてしまったら、わし一人で村を支えていくことは不可能じゃろう。

ガッツは大きく息をはいて、わしを見た。

「心配事は、それだけじゃない。……領主様が何か言ってくるかもしれない」

「そうじゃの。だが、町のスラムにいたままじゃ……あの子たちの未来がないからのう」

思い浮かべるのは、この村で暮らす子どもたちの姿。

あのまま暮らしていては、まっとうな大人になることは不可能じゃ。いい職について、最低限の暮らしをしてほしい……それが、わしとガッツの願い。

「せめて作物に水をたくさんあげられるように、川の水を引いてこれたらいいんじゃが……」

「それだとかなり大規模な工事になるぞ？　今の村の人数じゃ、不可能だ」

「そうじゃな」

わしにだって、それくらいはわかっている。けれど、それをしないと今後の生活が安定しないというのもまた事実じゃ。

領主様の件といい、課題は山積みじゃな……。

そんなことをガッツと話していると、慌ただしいノックの音が室内に響いた。同時に、「アントン爺！」とわしの名前を呼ぶ声も。

「この声はオデットか？　いつもは声を荒らげるようなことはないってのに、どうしたんだ？」

「そうみたいじゃな」

わしは椅子《いす》から立ち上がって、ドアを開ける。

「なんじゃ、騒がしい」

「あの、お客様を……」

「お客、様？」

なんとも仰々しい言い方じゃな。思わず笑うようにオデットを見ると、そのすぐ後ろにまるで女神様のように美しい娘が立っていた。

「お初にお目にかかります。わたくしは、ツェリシナ・リンクラート。この領地を治めるベイセル・リンクラート侯爵の娘です。どうぞよろしくお願いいたします」

4　悪役令嬢の華麗なる活躍？

王都にある別邸と、ハルミルの町にある本邸での行き来もだいぶ慣れてきた。今日は久しぶりに王都の屋敷に戻り、のんびりしている。

「そういえばツェリ様」

「どうしましたか？　ヒスイ」

ツェリシナが部屋で次は村のために何をしようか考えていると、紅茶を淹《い》れているヒスイが少し困惑した様子で話しかけてきた。

「本日は夜会だったはずですけど……準備はしなくていいんですか？」

「──あ」

（すっっっかり忘れてた！）

これでは悪役令嬢失格だ。

いや、このポジションに失格も何もないけれど。むしろ失格の方がいいのでは？　なんて思わず考えてしまう。

ちらりと時計を見ると、準備する時間は十分にあるので問題はなさそうだ。それにほっとして、教えてくれたヒスイに礼を言う。

「村のことばかりを考えていたせいか……駄目ですね。侯爵家の令嬢としての務めも、忘れてはいけないというのに」

「ツェリ様は頑張りすぎなくらいですよ。とりあえず、アンナを呼んできますね」

「はい、お願いします」

ヒスイが退室したのを見て、ため息を一つ。


毎年この時期になると王城で開催される、豊穣《ほうじょう》の夜会。

ツェリシナは王太子であるソラティークの婚約者なので、パートナーとして一緒に行く。そして、この夜会は――ヒロインと悪役令嬢が初めて出会うイベントでもある。

悪役令嬢であるツェリシナが、ヒロインのドレスに飲み物をかける、というもの。もちろん、その後は陥れようとしていたことが裏目に出て……ソラティークがヒロインを介抱するというお約束の展開だけれど。

憂鬱《ゆううつ》だなと思う。

(今は村のことをしたいから、とっとと婚約破棄してくれたらいいのに)

その時期が延びれば延びるほど、互いにとってマイナスなことばかりになるはずだ。

ツェリシナは新しい婚約者を見つけにくくなるし、ソラティークだって今頃《ごろ》言うのか！　と、国王からの心証も悪くなるだろう。

「……私はこれからどうなるんだろう」

平常心を装ってはいるけれど、内心は不安ばかりだ。

幸いなことといえば、村が上手《うま》くいっている……ということだろうか。そしてふと、そういえば村に名前がなかったことを思い出す。

名付けて、領主である父と国王に了承を得る必要がある。

「……考えないといけないよね」

なのだけれど……。

「私のネーミングセンス……」

これは難題だと、頭を抱える。

転生してツェリシナになってから、何かに名前を付けるという行為はしたことがない。

前世ではよくゲームキャラクターやテリトリーに名前を付けていたのだが……ゲーム画面を開いたまま三〇分以上悩むのはよくあることだった。

「……あとでヒスイに相談しよっと」

それがいいと、一人静かに頷いた。

＊＊＊

無事に夜会の支度が終わったころ、タイミングよくソラティークが迎えにきた。

夜会は王城で開催されるので、ツェリシナが直接向かった方がいいのに……と、ぽつりと呟《つぶや》く。

すると、近くにいたアンナに聞こえてしまったようで、苦笑される。

「女性をエスコートするのは男性の役目ですから、お任せすればいいのですよ。ソラティーク殿下はツェリシナ様をとても大事にされていますから」

「……ええ」

まさに正論で、ツェリシナは何も言い返せない。アンナに微笑《ほほえ》み頷いてみせると、今日のドレスも素敵だから大丈夫だと後押しされてしまった。


玄関ホールに行くと、すでにソラティークが待っていた。

深い青と黒を基調にした盛装で、立っているだけでとても絵になる。そのいつもと違う姿を見てぎゅんっとツェリシナのテンションが上がる。

（うひゃ～っ、生のソラティーク様だ）

今までも散々ソラティークのことは見ているのだが、ゲームのイベントの服を着用している姿は初めてだ。

（私は嫌われて捨てられちゃうし、どうせなら今のうちにガン見しとこ……）

すると、こちらに気づいたソラティークが「ツェリ」と微笑んだ。

「迎えに来ていただきまして、ありがとうございます。ソラティーク様」

「いいんだ。私がすぐにでもツェリに会いたかったから。私が贈ったドレス、とても似合ってる」

ツェリシナが着ているのは、可愛《かわい》らしい桃色のドレス。ソラティークから贈られたもので、レース部分の刺繍《ししゅう》は彼とお揃《そろ》いのものだ。

「ありがとうございます。ソラティーク様も、とても素敵です」

「そ、そうか？　ありがとう、ツェリ」

素直に告げられた賛辞に、ソラティークは照れたようだ。嬉《うれ》しそうにしながらも、その頰《ほお》が少し赤い。

「それじゃあ、行こうか」

「はい」


ゆっくり馬車に揺られながら王城に着き、会場へ入る。

天井にある煌《きら》びやかなシャンデリアに、深く染めあげた上品なワインレッドのカーペット。壁には有名画家の描《か》いた絵が飾られ、会場の装飾も美しい。

本日開催されている豊穣の夜会は、その名にちなみ料理の種類や量がいつもより多く用意されている。ダンスホールの少し奥にはすでに多くの人がいて、料理や作物について話をしているようだ。


王太子であるソラティークの下には、貴族たちが次々挨拶《あいさつ》に訪れる。

ツェリシナは隣で微笑みながら、ヒロインはどこにいるだろうかと会場内を見回していく。

(あ、いた)

花のように綺麗《きれい》なピンク色の髪と、リボンが可愛い白色のドレスを着たヒロイン。

その視線はじっとこちらに向けられていて、すぐにソラティークを見ているのだということがわかった。

誰が見ても、恋する女の子そのものだ。

早く自分と婚約を破棄して、ヒロインと婚約すればいいのに——と、ツェリシナは思う。夜会のたびに、あんな視線を見せられたらたまったものではない。

ヒロインもさっさと話しかけてくればいいのに。

（あ、もしかして私がいるから話しかけられないのかな？）

好きな人がほかの女性と一緒にいるのだから、ヒロインもなかなか行動に移すのが難しいのかもしれないとツェリシナは考える。かといって、まだ挨拶が終わっていないのでツェリシナがソラティークから離れるわけにもいかない。

すると、その様子に気づいたらしいソラティークがツェリシナの頭を優しく撫《な》でた。

「ツェリ？」

「はい……？」

「いや、ぼうっとしていたようだったからな。疲れたか？」

心配そうにツェリシナを見つめるソラティークは、「外の風にあたるか？」と優しく問いかけてくれた。

ソラティークの優しさに付け入るようで申し訳ないが、これはチャンスだ。

ここでソラティークから離れバルコニーか中庭にでも行けば、ヒロインがソラティークに近づくことができる。

（まさにナイスアイデア！　二人が一緒にいられるように、邪魔者は退散しなきゃね！）

すぐに頷《うなず》いて、ツェリシナは少しだけ休みたいということを伝える。

「なら、一緒に行こう。どうしても辛《つら》いなら、部屋を用意するからそこで休むといい」

（……ん？）

何やら、ツェリシナが想定していたものとは違う返事がきた。

「あ……いいえ、わたくしは一人で大丈夫です。ソラティーク様とご挨拶をしたい方はまだたくさんいらっしゃいますから」

自分のことは気にしないでと伝えてみるが、ソラティークはむっとしたように眉をひそめる。

「婚約者が辛そうにしているのに、放《ほう》っておけるわけがないだろう？」

（そうだ、責任感が強いんだった……）

ツェリシナが気にすることはないと、ソラティークは丁度人の途切れた瞬間を狙《ねら》ってツェリシナを中庭へと連れ出した。

ゆっくりとしたソラティークのエスコートを受けながら、ツェリシナはヒロインの視線を感じるのだった……。

ツェリシナはソラティークと中庭に出て、ベンチに座りながら空を見る。

豊穣の夜会と呼ぶに相応《ふさわ》しい満天の星が一面にあり、自然と表情がほころぶ。その様子を見たソラティークはほっと胸を撫でおろしたが、残念ながらツェリシナは気づかなかった。

「大丈夫か？」

「はい」

ツェリシナはソラティークまで抜け出してしまってよかっただろうかと考えた。しかし休んですぐに戻れば大丈夫だろうと判断する。

ぼうっと空を見ていると、ソラティークが「そういえば」と話題を振ってきた。

「侯爵に聞いたが……ツェリは、第二地区を見ているんだって？　無理はしていないか？」

「大丈夫です。確かに最初は驚いたのですが……きっと、みんな普通の生活がしたいだけなんだと思います」

「そうか」

おそらく、ハルミルの町のスラムにいた人たちが流れて作った村だということも聞いたのだろう。ソラティークはツェリシナの身を案じている。

畑の近くでお祭りをしようと思っているんですと告げると、「それは楽しそうだ」とソラティークは微笑んだ。

「ツェリにぜひ案内をしてほしいな」

「え？　ですが、まだ何もないんですよ。数年ほど頑張って、やっとソラティーク様にお見せできるくらいだと思います」

ただ、数年経《た》つ前に半年で大樹の花を咲かせなければ運営を継続することもできないのだが……わざわざそれを伝える必要もないだろう。

変に介入されて、ゲームのストーリーがずれてしまっても困る。

とりあえず最低限の村の形にはすぐするつもりだけれど、王太子であるソラティークに見せるとなると話は別だ。道だって整備されていないし、店というものがなく村と呼ぶには程遠い。

誇って見せられるとすれば、加護なしの自分でも芽を出してくれた大樹だろうか。

（大樹だったら、見てほしいかもしれない）

「いい。ツェリが何かしているところを、私が見たいんだ」

「ソラティーク様……」

愛《いと》おしむようにツェリシナに視線を向けて、ソラティークがそっと告げる。白銀の髪に指を絡ませて、さらりと通り抜けるその感触を楽しんでいるようだ。

これではヒロインに誤解されてしまうのでは……とツェリシナは心配するけれど、特に何もせずソラティークの好きにさせる。

今はそれよりも、ここから早く会場に戻りたいと考えていた。

すぐに戻ろうと思っていたのに、話し込んでしまった。しかもソラティークがまったく戻りたそうな気配を見せないので、ツェリシナは悩む。

ソラティークから『ヒロインに会いたいからすぐに戻ろう』と告げられる予定が崩れ、かといって上手く戻る理由も見つからない。

うぅーんと悩んでいると、ソラティークが首を傾《かし》げる。

「疲れているのに、長時間連れ出してしまって申し訳ないな……」

「あ、いえ……。わたくしはソラティーク様の婚約者ですから」

これも婚約が破棄されるまでの仕事だしと、ツェリシナは思う。

(でも、どうにかしてソラティーク様とヒロインを近づけないと)

「ソラティーク様、あまり不在にしては皆様にご迷惑になってしまいます。一度、戻りませんか？」

「……私は、まだツェリとここでゆっくりしたいが？」

「………」

ツェリシナが立ち上がろうとすると、駄目だとソラティークの瞳《ひとみ》が訴えかけてくる。困ったなと思いながらも、肩を抱かれてしまったためベンチから立ち上がることもできなくなってしまう。

さてどうしようと思ったところで、かさりと植木が揺れた。

ああ、誰か来たと音のした方に目を向けると、花のようなピンク色の髪が視界に入った。あ、ヒロインだとツェリシナはすぐに気づく。

「あ、ソラティーク様……！」

ヒロインはこちらを見ると、花のほころぶような温かな笑顔を見せた。

（うわ、さすがヒロインめちゃ可愛い……）

思わず、負けましたー！　と、叫びたくなってしまうほどだ。

（もしかして、私たちを捜しにきた？）

その可能性は大いにあると考え、とりあえずソラティークの婚約者として挨拶をすることにした。

「お初にお目にかかります。わたくしはツェリシナ・リンクラートです」

「……メリア・サルティマールです。お初にお目にかかります、ツェリシナ様。お久しぶりでございます、ソラティーク様」

「ああ。もう体調はいいのか？」

「はい」

そういえば病弱設定のヒロインだったと思い、ヒロイン――メリアを見る。

乙女ゲームのヒロイン、メリア・サルティマール。

つぶらで大きい黄緑色の瞳に、愛らしいハーフアップのピンクの髪。ほんのり薄化粧している顔立ちは可愛くて、きっと男性から人気があるだろう。

胸元に豊穣神《ほうじょうしん》フレイの加護の印があり、その力はこの国を豊かに導いてくれる。まさに聖女とでも呼ぶに相応しい、ヒロイン様だ。


メリアの心配をするソラティークを横目に、それなら自分と一緒にいなければいいのにと心の中で悪態をつく。

二人の距離が地味に遠いのは、今が夜会だからだろうか。ツェリシナが知らないだろうと、ソラティークがメリアのことを紹介してくれる。

「メリア嬢は、つい最近まで母方のご実家で療養されていたんだ。あまり親しい令嬢もいないようだから、仲良くしてあげてくれ」

「もちろんです」

「ありがとうございます、ツェリシナ様。お話しすることができて、とても嬉しいです」

花のように笑うメリアを見て、とても愛らしいなと思う。なぜか白ワインを手にしたままなのは、夜会に不慣れで持ったまま中庭に出てきてしまったからだろうか。

ツェリシナの視線に気づいたメリアは、少し気まずそうに笑う。

「わたくし、まだこういった場には不慣れで……。お恥ずかしいです」

「いいえ。わたくしでよければいつでも相談にのりますから、なんでもおっしゃってくださいね」

「ありがとうございます、ツェリシナ様」

（バッドエンドを回避するためなら、どんな無茶なお願いでもどんとこいだ！）

嬉《うれ》しそうに笑うメリアを見て、ほっと安心する。

そしてすぐ、メリアはソラティークを見てねだるように声をあげた。

「ソラティーク様、ぜひ一緒に踊っていただけませんか？」

「え……っ？」

無邪気に笑うメリアを見て、ソラティークは反射的にツェリシナを見た。

ソラティークとしてはメリアではなくツェリシナと踊りたいという意思の表れだったけれど、ツェリシナは自分がいるから踊れないのではと解釈する。

（あー……婚約者がいるのに、最初に踊るのがほかの女性だと外聞が悪いもんね）

おそらくそのことを気にしているのだろうと、ツェリシナは考えた。それならとっとと許可を出してしまおう。

「わたくしはこのまま休んでいますから、ぜひ踊ってきてください」

「まぁ、ありがとうございます。ツェリシナ様！」

「ツェリ。私は体調の悪いお前をここに置いて、中に戻るつもりはない」

しかしツェリシナの言葉はむなしくも、ソラティークに受け入れられない。けれど自分とここにいては、ソラティークとヒロインの仲が深まらない。

どうしようかと考え、ピンといい考えが浮かぶ。

（そうだ、私は悪役令嬢だった！）

ならば、それらしくしてしまえばいいのだ。

ちらりと、メリアの持っている白ワインを見る。あまり飲んでいないらしく、中身はたっぷり入っている。

あれをメリアのドレスにかけて、二人に退場してもらえばいいのだ。そうすれば、否応無しに二人きりになることができる。

夜会でダンスをするより、ぐっと距離が近づくはずだ。

我《われ》ながら名案だと思いながら、ツェリシナはゆっくりとベンチから立ち上がる。できるだけ自然に見えるよう、気をつけながら。

「ソラティーク様、わたくしはもう大丈夫です。ですから、三人で戻りましょう？　そうすれば、メリア様だって心強いじゃありませんか」

「……はいっ！」

ツェリシナが声をかけると、メリアが嬉しそうに頷いた。こくこくと頷く姿は小動物のようで、助けてあげたいと思ってしまうほどだ。

——まあ、今からワインをぶっかけるのだけれども。

「さぁ、行きましょう！」

早くと急かすように、ツェリシナはメリアの手を取り歩き始める。

ソラティークも仕方がないと立ち上がりついてこようとしたところで、ツェリシナはぐっと腕に力を込めてさりげなく、しかし強くメリアの腕を引いた。

「きゃっ！」

（よっしゃ！）

パシャンと音がして、白ワインがメリアとツェリシナのドレスにかかる。自分のものにもかかってしまったのは予想外だったけれど、まぁ少しだからいいだろう。

「ああっ、申し訳ありませんメリア様……ドレスが」

白ワインとはいえ、飲み物がかかったドレスはひどく目立つ。作戦は成功だ。

すぐに別室に行きましょうと、ツェリシナが歩き出そうとして——今度はぐいっとツェリシナが腕を引かれた。

（えっ？）

「すぐ、メリア嬢をゲストルームに。新しいドレスを用意するようメイドに手配してくれ」

「え、えっ？」

すぐ現状を把握したソラティークが、ツェリシナを横抱きにしながら指示を出し始めた。近くで待機していたメイドがすぐにやってきて、メリアのドレスを確認する。

ツェリシナとしては、濡《ぬ》れてしまったメリアをソラティークがゲストルームに連れていく……ということを想定していたのに。

（こんな展開、予想してないんだけど？）

しかもツェリシナを横抱き——お姫様抱っこだ。

「大丈夫か？　ツェリ」

「は、はい。わたくしはほとんど濡れていませんから、大丈夫です」

「怪我《けが》がなくてよかった。すぐにツェリも着替えようか」

「え……」

ソラティークはメリアをメイドたちに任せ、ツェリシナを連れてその場を後にする。

待って、そうじゃないでしょ！　そう叫びたいのを、ツェリシナはぐっと我慢したのだった。


横抱きのままゲストルームに運ばれたツェリシナは、焦って声をあげる。

「ソラティーク様、メリア様をお連れしなくてよかったのですか？」

なぜヒロインじゃなく悪役令嬢の自分を？　と、頭の中は大混乱だ。ツェリシナが白ワインをかけてしまったのだし、心配して付きそうのが乙女ゲーム的展開なのでは？

（というか、ゲームはその展開だったはずなのに！　なんで私を運んじゃってるんですかー⁉）

ここでお姫様抱っこされるべきは、ヒロインであるメリアだったはずだ。しかしソラティークは、怪訝《けげん》な表情でツェリシナを見る。

「うん？　メリア嬢はメイドに任せたから、それで問題はないだろう。ツェリの方が大切に決まっている」

「あ……」

きっぱりと言い切るソラティークに、思わず顔が赤くなる。

「ツェリ、濡れたところは冷たくないか？　すぐに新しいドレスが届くからもう少し待ってくれ」

「いえ、ほんの少しワインがかかっただけですから、わたくし自身は濡れていません。ただ、ソラティーク様からいただいたドレスに染みを作ってしまいました……。申し訳ございません」

「そんなこと、気にするな」

本当なら、ヒロインにだけワインがかかる予定だったのに。

(――あ、そうか)

ここにきて、はたと気づく。

ソラティークがヒロインではなく自分をゲストルームに運んだのは、ツェリシナが自分にもワインをかけてしまったからだ。

ゲームでは、見事にヒロインのドレスにだけワインがかかっていた。そもそも、ゲームでは被害者はヒロインただ一人だけだったので、ヒロインと悪役令嬢どちらを……なんていう選択肢は存在しなかった。

(つまり私の凡ミスってことね)

ツェリシナは心の中で小さなため息をつく。

(いくらヒロインが好きでも、婚約者にもワインがかかったら私を優先しないとだよね。王太子としての世間体的なものもあるだろうし)

今度は間違いなくヒロインだけ狙《ねら》おうと心に誓う。

それにしてもせっかく好感度を上げるイベントになるはずだったのに、ワイン攻撃をミスったせいでそれができなくなってしまった。

どうにかして軌道修正ができればいいのだけれど……と、その方法を考える。きっと、ソラティークはツェリシナの着替えが終わるまでは側《そば》にいるつもりだろう。

するとふと、花瓶に生けられた薔薇《ばら》が目に留まった。

「……綺麗《きれい》な薔薇ですね」

「ん？　ああ、メイドに頼んで飾らせているんだ」

ツェリシナが無意識に呟《つぶや》くと、すぐソラティークが微笑《ほほえ》んだ。

赤い薔薇は、ソラティークがツェリシナへ贈ることも多い。というか、ソラティークがツェリシナに贈る花といえば薔薇一択だ。色は赤が多いけれど、白やピンクの場合もある。

「そういえば、わたくしに用意していただくゲストルームはいつも薔薇だったように思います」

「私がそう指示しているからな」

「え？」

まあ、王城といえば薔薇の園か――なんて軽く考えたが、何やらおかしい。

「ソラティーク様がゲストルームの指示をしているのですか？」

それは王太子の仕事ではないのではと、ツェリシナは不思議に思う。メイド頭か女官に任せておけばいいのではと、そう考えてしまった。

「ツェリが使うゲストルームだけだ」

「わたくしのだけ？」

予想外の答えに目を瞬《しばた》かせると、ソラティークはことも無げに言ってのけた。

「ああ。ツェリは薔薇が好きだろう？　……昔、プレゼントしたときにすごく喜んでくれたからな。私もツェリに贈るなら、薔薇がいい」

「…………」

「もしや、薔薇は嫌だったか？」

不安に揺れた瞳《ひとみ》を向けられて、ツェリシナは首を振る。

別に、薔薇が嫌いなわけではない。どちらかといえば好きな部類に入るし、前世の記憶が蘇《よみがえ》ったときは屋敷の庭に植わっている薔薇を見てテンションを上げたものだ。

「そうか、よかった」

ほっと胸をなでおろすソラティークを見て、ツェリシナは今まで適当に薔薇の花を贈られていたわけではなかったことを知る。

贈る花の種類を考えるのが面倒で、薔薇一択かと思っていたのだが——どうやら思っていた以上に、婚約者は自分のことを考えてくれていたらしい。

(じゃあ、あの花屋でヒロインに贈ってた花はメリア様のリクエスト？)

頭に浮かぶのは、ソラティークとヒロインであるメリアが町でお忍びデートをしていた日のこと。

少しだけ、聞いてみてもいいだろうか。

「ソラティーク様は、薔薇の花束以外を買われたことはないんですか？」

「ん？　なんだ、そんなことが気になるのか……？」

ツェリシナの興味が自分に向けられたことが嬉しかったのか、ソラティークの口元が緩む。

「……立場上、花を贈ることはよくあるな。ただ、薔薇を贈るのはツェリだけだと決めているんだ。基本的に、入用になったときは薔薇以外のもので作らせているな」

「そう、なんですか……」

まさかそこまで薔薇にこだわっていたなんて、鈍いツェリシナはまったく気づいていなかった。

ソラティークはやましさが全くなかったからだろうか、ツェリシナが気にしていたことを自分から喋《しゃべ》り始めた。

「この間、町で偶然メリア嬢に会ったんだ。そのときは花屋の店員に任せたら、いろいろな種類の花を使っていたな」

「メリア様に花を贈られたんですか?」

「ああ。ツェリにプレゼントするための装飾――」

あ、と思ったときにはもう遅い。

ツェリシナは聞かなかったことにした方がいいだろうかと考えたが、それより先にソラティークが「しまったな」と口を開いた。

「渡すまで内緒にしようと思っていたんだが、うっかりしていた。……メリア嬢に、令嬢に人気の装飾店を教えてもらったんだ。花は、そのお礼に」

「そうだったんですね……」

てっきりデートだとばかり思っていたのだけれど、どうやら真相は違うところにあったようだ。というか、まさか自分へのプレゼントのためだったなんて。

「その、ありがとうございます……ソラティーク様」

「いや……。格好悪いな、私は」

せっかく内緒にしていたのに、まさか自分でばらしてしまうとは。ソラティークが苦笑したところで、部屋にノックの音が響いた。

どうやらメイドが新しいドレスを準備して持ってきてくれたようだ。

「それじゃあ、私はここで待っているから着替えておいで」

「はい。お心遣いありがとうございます、ソラティーク様」

ツェリシナはメイドに連れられ、着替えのために奥の部屋へ行った。

王城のメイドが新しく用意したドレスは、水色と、さし色としてピンクが使われた可愛《かわい》らしいドレス。髪はハーフアップに整えて、水色の小花をちらされた。

とても可愛らしい仕上がりなのだが……ツェリシナは言葉をなくすどころか絶句していた。

「お気に召さないようであれば、別のドレスをご用意いたしますが……」

「あ、いいえ。とても素敵なので、驚いてしまったんです。支度を手伝っていただきまして、ありがとうございます」

「ご満足いただけて何よりです。それでは、わたくし共は失礼させていただきます」

メイドたちが頭を下げて出て行ったのを見てから、ツェリシナはそれはそれは長く、盛大なため息をついた。

「ありえないんだけどおおおぉぉぉ～はぁぁぁ……」

何が〝ありえない〟のかといえば、ツェリシナに用意された着替えのドレスだ。

別に、流行のものではないとか、趣味が悪いとか、サイズが合っていないとか、そういうことではないのだ。

むしろソラティークが用意してくれたものなので、とても高級で、最先端のドレスだ。

見た目の美しさだけではなく、肌触りのよさまで兼ね揃えている。上品なシルクは体に馴染《なじ》み、コルセットの締め上げがなければずっとこのまま包まれていたいと思ってしまうほど。

しかし――

「これってヒロインが着るドレスじゃん‼」


そう、そうなのだ。

これはゲームのイベントで、悪役令嬢であるツェリシナにワインをかけられたヒロインが着替えるはずのドレスなのだ。

何回もプレイしたから、間違いない。

（ありえない……）

どうして悪役令嬢の自分がこのドレスを着ているのか。

そしてヒロインは、いったいなんのドレスを着ているのだろう。

「意味がわからない……」

とはいえ、着替えが終わったのならソラティークの下へ行かなければいけないだろう。夜会の会場にも戻らなければ、ずっと席を外しているソラティークが何か言われてしまうかもしれない。

ドレスを替えての再入場は余計な注目を浴びてしまいそうでツェリシナとしては嫌なのだが……いたしかたない。

「今日を乗り切れば、また村に行けるから……あと少し頑張ろう」

いっそのこと、ここからはソラティークがメリアのエスコートをすればいいのになんて非常識なことも考えてしまう。

いや、ゲームであればそうだったのだ。

そんなことを考えていたら、部屋にノックの音が響いた。

どうやら、メイドからツェリシナの支度が整ったことを聞いたのだろう。やってきたのは、ソラティークだった。

「大丈夫だったか？　ツェリ」

「お手数をおかけしましてすみません、ソラティーク様。わたくしは、この通り問題ありません」

元々自分でかけようとした白ワインが零れてしまっただけなので、大丈夫どころか何の問題もないのだけれど。

「それなら、戻ろうか。少しだけ顔を出したら、今日は早めに送っていこう」

「ありがとうございます」

＊＊＊

ツェリシナがソラティークと一緒に会場に戻ると、すでに着替えを済ませたメリアがいた。

周囲は少しざわついているが、ツェリシナが着替えたことに何か言ってくるような人はいない。メリアのことに関しては、そもそも着替えたということに気づいた人の方が少ないだろう。

「ソラティーク様、ツェリシナ様！」

笑顔でこちらに手を振ってきて、「何もなくてよかったです」と微笑んだ。

（いや、何かしたのは私なんだけどね……）

「いいえ。メリア様に大事がなくてよかったです。わたくしが不注意だったばかりに……本当にごめんなさい」

「そんな、謝らないでください。わたくしは大丈夫でしたから」

「ありがとうございます、メリア様」

メリアはツェリシナが予想しているよりずっと、いい子のようだ。

もしかしたらソラティークがいるので猫をかぶっているだけかもしれないが、さすがに乙女ゲームのヒロインが性悪だとは思いたくない。

彼女が着ているドレスは、ゲームとは違うものだ。

本来メリアが着る予定だったものはツェリシナに用意されたから当たり前なのだが。もしかしたらもっと上質なものを……という可能性を考えていたけれど、そうではなかった。

ツェリシナが着ているドレスよりも、グレードは下だ。

ピンク色は華やかでレースもあしらわれているが、流行を考えるとワンシーズン前のものだろう。

(もちろん、可愛いドレスなんだけど……)

もしかしたら、ヒロインのドレスを着るための条件があったのでは……と、ツェリシナは考える。

仮にそれが、『ソラティークがゲストルームへ連れていった者』であれば辻褄《つじつま》もあう。

ゲームではヒロインのメリアが連れていかれてこのドレスを着ていた。今回ゲストルームに連れていかれたのはツェリシナだ。

それが正解かどうか確認する術《すべ》はないけれど、可能性としては十分高いだろう。

(じゃなきゃ、私にこのドレスは用意されないもんね)

まあ、考えても仕方がない。

それよりも今は、ソラティークのメリアに対する好感度を上げてバッドエンドを回避することに専念した方がいいだろう。

メリアはソラティークとダンスをしたいと言っていたけれど、ツェリシナが一緒にいるので上手《うま》くいかなかった。

まずはツェリシナとソラティークがダンスをし、そのあとであればソラティークも外聞を気にせずメリアと踊ることができるだろう。

ソラティークの律儀なところに好感は持てるけれど、バッドエンドの回避を考えるならばもう少しぐいぐい行ってほしいというのも本音ではある。

(大丈夫、私は捨てられる心の準備はできていますから……!)

「ソラティーク様」

「ん？　どうした、ツェリ」

「わたくしからこういったことを申し上げるのは、その、はしたないと思われるかもしれないのですが……」

「うん？」

ツェリシナは少し伏せ目がちにし、ソラティークのことを見る。

「わたくしと、踊っていただけますか？」

「——っ！　当たり前だろう、本来なら私から誘うべきなのに。はしたないなんて、そんなこと思う訳がない。嬉《うれ》しいよ、ツェリ」

ソラティークはわずかに頬《ほお》を染めながら、軽く腰を折ってツェリシナに手を差し出した。

「ツェリ、私と踊っていただけますか？」

「喜んで。ソラティーク様」

こちらからお願いをしたのに、改めてダンスの申し入れをしてくれた。そのエスコートを受けて、ツェリシナはソラティークの手を取る。

気づかれないようにメリアの方へ視線を向けてみると、大きく目を見開き少しだけ表情を歪《ゆが》めていた。

（そうよね、自分が踊りたかったのに悪役令嬢の私がダンスを始めたら嫌だよね……）

ツェリシナは心の中で謝罪しながら、メリアに声をかける。

「メリア様、少しだけ失礼いたしますね」

「あ……っ、はい。もちろんです、ツェリシナ様」

笑顔のメリアに送り出され、ツェリシナとソラティークは中央まで歩んでダンスを始める。

ツェリシナがダンスをしながらソラティークを見ると、とても嬉しそうだった。普段から笑顔なのだけれど、今日は一段と甘い微笑《ほほえ》み……と言えばいいだろうか。

ソラティークはツェリシナからダンスに誘ってくれたことが嬉しくて、ポーカーフェイスが崩れかけているようだが……。

（このダンスが終わればヒロインと踊れるんだから、嬉しくもなるよね）

ツェリシナはソラティークが自分ではなくメリアとダンスを踊れることが嬉しいのだと思い込んでいる。

ソラティークの気持ちがメリアに向かってしまうのは寂しいけれど、それよりもバッドエンド回避が大切だ。

王城の楽師たちの奏でるメロディを聞きながら、ツェリシナは目を閉じる。

ソラティークはダンスがとても上手いので、こちらが目をつぶっていてもきちんと誘導してくれるし、ツェリシナもきっちりステップは覚えている。

安心して身を任せてもらえたと思ったソラティークは、優しくツェリシナへ微笑む。

「ツェリ、疲れていないか?」

「……はい。わたくしは大丈夫です。……ただ」

「?」

「メリア様のドレスにワインをかけてしまったので、とても心配です。口では大丈夫だとおっしゃっていましたが……悲しんでらっしゃるかもしれません。それで、その……ソラティーク様にお声がけをしてほしいのです」

「私が?」

「はい。自国の王太子に気にしていただけたなら、彼女も安心すると思います。ただ、わたくしの代わりに謝罪していただくみたいになってしまうのは、とても申し訳ないのですが……」

だから無理にとは申しませんと、ツェリシナは言う。

しかしソラティークは、すぐに「任せておけ」と返事をする。

「私はツェリの婚約者なのだから、構わないさ。ダンスが終わったら、私から声をかけよう」

「ありがとうございます、ソラティーク様」

(これでソラティーク様も、ヒロインと堂々とダンスができるわ!)

＊＊＊

「ツェリ様は今頃《ごろ》ダンスでもしてるのかな?」

ヒスイは机に向かいながら、王城の方向を眺めていた。

王都にあるリンクラート侯爵家の屋敷、ヒスイに与えられた自室。

六畳ほどの広さに、ベッドやクローゼット、それから机なども備えつけられている。今までボロボロの小屋でトーイと一緒に暮らしていたヒスイからしたら、たったこれだけでも別世界だった。

トーイを助けただけではなく、自分をあの生活から救い出してくれたのだ。一生お側《そば》に仕えようと、そっと心に誓った。

『わふぅ……』

ベッドのすぐ横では、敷いたラグの上でトーイが気持ちよさそうに眠っている。それを見て、ヒスイは頬を緩ませた。

「ここはしっかりした屋根があっていいな」

強い雨風で、家が飛ばされてしまう心配も必要ない。

ヒスイはそのことに安堵《あんど》して、これからのことを考えていく。それは、ツェリシナから任された村のことについてだ。

「まずは、村にツェリ様が滞在できる家を建てる……」

とはいえ、一流の大工ではなく村人にお願いすることになる。資材は取り寄せればどうにかなるかもしれないが、今住んでいる屋敷のような立派なものは無理だろう。

生活する場所ではなく、休憩する場所……という認識でいい。しばらくの間は、ハルミルの町にある屋敷で過ごすのだから。村からも比較的近いし、ベイセルもそれを望んでいるはずだ。

それから、ヒスイは村に住んでいる全員の名前を書き出して村人リストを作った。

まとめ役をしていて、村長になったアントン。

その補佐や家造りも担っているガッツ。

それから、男性が三人と女性が二人。子どもは男の子が三人に、女の子が四人だ。今はまだ交流がないけれど、これから仕事を頼む機会も増えてくるだろう。

「ツェリ様の屋敷……って言えるほどじゃないけど、とりあえずガッツに頼んだからそのうち建つかな……」

ひとまずは小さなものをお願いしている。

「あとは……畑も増やしていった方がいいよな？　村の収入源がまったくないし」

今はジャガイモを植えてあるが、ゆくゆくはもっと多くの種類の作物を育てていきたい。特産品でもできたらいいのだが、それにはきっとまだ時間がかかるだろう。

「でも、それより……」

何よりもまず、することがある。

それは、ヒスイ自身のスキルアップだ。

ツェリシナ付きの執事見習いという立場を手に入れたが、まだ正しい言葉遣いすら覚えきれていない。早くしっかりしなければ、自分の勉強不足でツェリシナに恥をかかせてしまう場面があるかもしれない。

……いや、すでにソラティークからの印象は最悪だ。

「俺――私が原因で、ツェリ様がなめられてしまうのは絶対に嫌だ」

もっともっと、頑張って勉強しなければ。

「この屋敷にも、ハルミルの別邸にも図書室がある。使っていい許可はもらってるから、空いてる時間はできる限り本を読んで学ぼう」

それが今、ヒスイにできる精一杯だと思っている。

まずは明日のスケジュールを確認して、本を読もう。そう思ったところで、ちょうど馬の声がしてツェリシナの帰りを告げた。

＊＊＊

「おかえりなさいませ、ツェリ様」

「ただいま帰りました。出迎えありがとうございます、ヒスイ」

「いえ……？」

ツェリシナが馬車を降りるのにヒスイが手を貸してくれたのだが、不思議そうな顔をしていた。

「ええと……ツェリ様、ソラティーク様とご一緒ではないんですか？」

「…………」

（やっぱり気になるよねぇ）

自分の執事見習いの言葉に、ツェリシナは苦笑する。

「いろいろありまして、ソラティーク様はメリア様という女性についていらっしゃるんです」

「え？」

ツェリ様が婚約者なのに？　と、ヒスイの顔に書いてある。

「……ソラティーク様とメリア様がダンスをされたのですが、メリア様が派手に転んでしまわれたんです。ですので、ソラティーク様が付き添いを」

「そうだったのですか……」

あれにはツェリシナもびっくりしてしまった。

ソラティークをダンスに誘うくらいだから、なんとなくヒロインであるメリアはダンスが上手なのだとばかり思っていたが……そんなことはなかった。

踊る動きはぎこちないし、足元を見るし……気品という言葉はどこにもなかった。

（でも、考えればそうよね……）

ツェリシナが前世でゲームを始めたときだって、ヒロインのダンスのレベルは低かった。イベントをこなしてダンスレベルを上げると、優雅に踊ることができるのだ。

今のメリアのダンスレベルを1だと仮定するならば、ツェリシナはレベルMAXだろう。

どうあがいても、小さなころから教育されていたツェリシナと、療養のため田舎にいたメリアではレベルが違いすぎる。

✦ツェリシナ・リンクラート✦

UP! 所有大樹：Lv.2 ⬆
守護神獣：トーイ
所有領地：アルバラード王国リンクラート領第二地区
領民：15人

大樹スキル

豊穣の加護	Lv.1	大樹の半径25メートルの作物がよく育ち、土の品質アップ
NEW! 甘い蜜	Lv.1	大樹が甘い蜜を発し、虫や動物を惹きつける

悪役令嬢なのに、見ているツェリシナがハラハラして心配してしまったくらいだ。

この国の未来は大丈夫だろうか――そうため息をつきたいのをぐっと耐えて、ツェリシナはヒスイに笑顔を向ける。

「少し部屋で休みます。紅茶もいらないので、一人にしてもらえますか？」

「わかりました」

ヒスイに誰も部屋に入れないよう告げて、ツェリシナはやっと一息つくことができた。


「アースガルズシステム、【起動】」


加護なしの悪役令嬢にしてみたら、かなりいい出だしだとツェリシナは口元を緩める。

「大樹のレベル上げとスキルの獲得もだけど、スキルレベルを早めに上げちゃいたいんだよね」

【豊穣の加護】は、レベル5まで上げることができる。効果範囲を大樹から半径二五キロメートルまで広げることができるので、これはぜひとも欲しい。

レベルアップの方法は、一定数の収穫を行うこと。

【甘い蜜】も、同じくレベル5まで上げることができる。

これはひとまずレベル2にすると、大樹の周囲に蜂《はち》が飛んできて蜂蜜を採取できるようになる。

つまり、養蜂《ようほう》ができるようになるのだ。

ツェリシナは、これを村の特産品の一つにできれば……と考えている。

「これのレベル上げの方法は、大樹の周囲に花を植える、だったかな」

その種類が多ければ多いほど、【甘い蜜】のスキルレベルが上がるようになっているのだ。

明日は花の種を探すために買い物に行こうと決める。やはりスキルのレベルアップができるというのは、嬉《うれ》しい。

「とはいえ、スキルのレベル上げは結構大変なんだよね……」

レベル3くらいまではぽんぽん上がるのだけれど、そこから先がかなり鬼畜仕様になっているのだ。別にやらなくてもいいけど、やってもいいやり込み要素部分だ。

もしかしたら、制作サイドは完全クリアさせるつもりなんてなかったのかもしれない。そう思うくらいには、ハードな乙女ゲームだった。

ハッピーエンドのエンディングを見るためには、それぞれのスキルが3レベルもあれば十分。それより低かったり、たとえばスキルを取得していなくてもクリアできてしまったりする。

恋愛だけを楽しみたいプレイヤーは、あまりアースガルズシステムを使ってはいない。……だが、それに反してめちゃくちゃはまってやり込んでいるプレイヤーも一定数いて、需要があった。

ちなみにツェリシナはやり込んでいる組だ。

「問題は【甘い蜜】のレベルだよね……」

スキルレベルを上げる方法はわかっているのだが、実は花一種類につきかなりの量を植えなければいけないのだ。その花で小さな花畑ができるくらい。

これをやってしまうと、作物を育てるスペースが減ってしまう。そうすると、【豊穣の加護】のレベルアップのための作物の収穫量が減ってしまうのだ。

「【甘い蜜】は、レベル3で鳥、レベル4で熊……レベル5は神獣が呼べるっていう話だったけど……私は畑を優先しちゃって見てないんだよね」

なんせ、神獣を呼ぶためには花が一〇〇種類も必要なのだ。

そもそもの話、花の種を一〇〇種類集めるということが難題だった。面倒なクエストをこなさなければ入手できないものや、全財産かけても買えないほど高い種……なんてのも。

廃ゲーマーですら簡単に達成できない、それがスキルレベル5だ。

「それから……村の名前を考えないと！」

決定したら、リンクラート侯爵領の領主である父と国王に承認してもらい、地図に載せるのだ。国に認定されるまでには少し時間がかかるかもしれないが、村には足りないものが多いのでその間に準備をすればいいだろう。

「それで落ち着いたら、村のみんなでお祭り騒ぎをしようかなぁ」

考えれば考えるだけ、わくわくしてしまう。

「まだまだ先は長そうだけど、できるところまで頑張ろう！」

ひとまず今日は、明日に備えて寝ることにした。

閑話　悪役令嬢のヒロイン観察　――ツェリシナ・リンクラート

壁の花となった私が見ている先には、楽しそうにダンスを踊る二人の姿。このゲームのメイン攻略対象であるソラティーク様と、ヒロインであるメリア様だ。

さぞかし優雅に踊るんだろう……最初はそう思っていたけれど、そんなことはなかった。

ヒロイン、ダンス下手すぎじゃない？

今までいったいどんな教育を受けてきたの？　そう聞きたくなるほど、足取りは不安定だしターンもワンテンポほどソラティーク様から遅れていた。

「……でも、男は自分で教えるのが好きって言うし？　ヒロインの設定はあのくらいでちょうどいいのかもしれないわね」

――なんて、悪役令嬢のような台詞《せりふ》をはいてみる。

ヒロインがソラティーク様とダンスを踊りたそうだったので、私が二人のお膳立《ぜんだ》てをした。

ソラティーク様は優しいので、私が白ワインをこぼしたことを気にかけてヒロインに話しかけて……そのままヒロインからダンスに誘われ断れず、という流れだ。

というわけで、私は壁の花。

普通であれば、王太子の婚約者が一人でいれば人が集まってくるものだけど……加護なしなので周囲には誰もいない。

「……あ。メリア様、ソラティーク様の足を踏んだ」

淑女としてのあるまじき失態に、思わず私の頭まで痛くなってくる。ソラティーク様も顔には出していないけど、ヒールだったからかなり痛かったハズ。

もし私が男だったら、絶対に踊りたくない。

ヒロインが焦っている様子が見えて、どうやら踏んでしまったことを踊りながら謝っているらしい。……あれ？　これって少女漫画によくある王道展開じゃない？

そして二人の秘密のダンスレッスンが始まる……なんていうのは、お約束。


――なんて、考えていられたのは一瞬のことだった。


「きゃあぁっ！」

「――っ!?」

ヒロインが悲鳴をあげて、盛大にこけたのだ。これにはさすがの私も驚きを隠せず、目を瞬《しばた》いてしまう。

すぐにメイドがヒロインを支えて、ソラティークと一緒に会場から出て行った。

「あそこのターン、一番難しい山場だったからなぁ……」

きっとヒロインにはまだ無理だったのだろう。

「ああでも、いっそ介抱してあげたら好感度も爆上がりかも」

なんて笑いながら、私は帰路についた。

5　フラワービーと特産品

「何？　ツェリは出かけているのか……」

　午前中の早い時間、ソラティークはツェリシナを訪ねてリンクラート家へとやってきた。昨日の夜会で、屋敷まで送ることができなかったことを謝罪したかったのだ。

　しかし対応してくれた執事のハンリーの言葉に、ソラティークは気落ちした表情を見せた。

「申し訳ございません、ソラティーク殿下。旦那様《だんな》から任された領地のことが、よほど嬉しいようで」

「そうか……。ツェリが外に出ること自体、珍しいからな」

　神からも、精霊からも、加護を得られなかったツェリシナ。彼女はそれを自覚してから、ほとんど屋敷から外へ出ることはなかった。

　そのことはソラティーク自身よくわかっており、どうにかして外に出てほしいとデートに誘ったりもした。そんなツェリシナが、自分から、領地のためとはいえ出かけているのはいい傾向だといえる。

　ただ、そのツェリシナの隣にいるのが自分ではないことが面白くないけれど。

「入れ違いになってしまったのなら仕方がない。また折を見て、会いに来るとしよう。ハンリー、この花をツェリに渡しておいてもらってもいいか？」

「もちろんでございます。ツェリシナお嬢様も、きっとお喜びになられるでしょう」

ハンリーはソラティークから薔薇《ばら》の花束を受け取って、丁寧な礼をした。

＊＊＊

昨日の夜会はヒロインとのやりとりがあって大変だったが、一夜明けた今は晴れて自由時間だ。

きっとソラティークも、転んだメリアと二人だけの時間を過ごしてより親密度があがったことだろう。そう考えると、婚約破棄に向けてカウントダウンが始まっていそうだ。


ほどなくして、ツェリシナたちの乗った馬車が目的地へ着いた。

「ツェリ様、お手を」

『わうっ！』

「ありがとう、ヒスイ、トーイ」

やってきたのは村ではなく、ハルミルの町だ。

ヒスイの手を借りて馬車から降りると、横には護衛のようにトーイがいる。二人は御者席で、馬車の運転をしてくれていた。

目の前にあるのは、貴族ではなく裕福な平民が買い物に来るような洋服店だ。

これから村を発展させていくのに、ずっとドレスのままなのは不便だと思ったのだ。どうせなら、自分も土に触れて村人たちと一緒に作業をしてみたいと考えている。

（それに、私の目的は大樹の花を咲かすこと！）

ドレスで水やりをするだけ……なんて、きっと大樹も認めてはくれないだろう。

ヒスイはといえば、そんなツェリシナを見て苦笑している。箱入りのお姫様だとばかり思っていたのに、蓋《ふた》を開けて見たらかなりの行動力があったからだ。


カランとドアベルを鳴らして店内へ入ると、「いらっしゃい」と女性が迎え入れてくれた。

「どうぞゆっくり見ていって――ってお貴族様⁉」

「こんにちは。そんなに硬くならないでください。動きやすくて、農作業をしても問題のない服がほしいんです」

「え、えっと……はい。でしたら、こちらになります」

ツェリシナが率先して店員に声をかけて、ヒスイは後ろに控える。トーイは店内に入れると毛が舞ってしまう可能性があったので、馬車の前でお留守番をしてくれている。

「ヒスイ、どんな服がいいでしょう？」

「私に聞くんですか？　服のセンスなんて、ないんですけど……」

尋ねられたヒスイは渋い顔をしつつも、ツェリシナのお願いならば……と、並んでいる服へと手を伸ばす。衣類はどれも新品で、手触りがいい。

ツェリシナの髪は白銀、瞳《ひとみ》はローズピンク。落ち着いた色あいの彼女は、きっとどんな服を選んでも着こなしてくれるのだろう。

「あ……」

「それは、ヘアーアクセサリーのリボンですね。確かに、わたくしの髪は長いから纏《まと》めた方がいいかもしれませんね」

　ヒスイが手に取ったヘアリボンは黒の布地と白のレースで、翡翠《ひすい》のチャームがついたものだった。試しにサイドの髪をお団子にして付けてみると、顔まわりがスッキリした。

（うん、いい感じ！）

　まずヘアリボンの購入は決定。

「あとはどの服がいいでしょうか」

「動きやすい……とは言っても、あまり肌は出さない方がいいと思う。だから、これとか……」

　そう言って、ヒスイが手に取った服は膝丈《ひざたけ》より少し長めのワンピースタイプだ。ローズレッドのワンピースと、オフホワイトのフードが付いた上着。差し色には紫が使われている。

　服装だけを見れば、貴族令嬢ではなく、裕福な商家の娘といったところだろうか。

「とっても可愛《かわい》いですね。ありがとう、ヒスイ」

「これでいいのかわかりませんが……」

　ヒスイは少し困ったように、店員の方をちらっと見る。彼女から見て、ツェリシナの姿は変ではないだろうか。

　その視線を受け取った店員は、すぐに笑顔を作った。

「とてもお似合いです！　試着することもできますが、いかがなさいますか？」

「ありがとうございます。では、試着をして……問題がなければ、このまま着ていってもいいですか？」

「もちろんです。どうぞ、こちらへ」

ツェリシナのお願いを快く受け入れた店員は、試着室へと案内してくれた。

中には小さなカーペットが敷かれていて、椅子《いす》とハンガーが用意されている。

「お着替えの手伝いは必要ですか？」

「あ……ドレスを脱ぐのだけ、お願いしてもいいでしょうか？」

「もちろんです」

今から買う服は自分で着られるけれど、侍女にしっかり着せてもらったドレスだけは脱ぐのに少し骨が折れる。時間をかければいいかもしれないが、さすがにヒスイや店員を待たせるのも気が引けたので素直にお願いすることにした。

「では、お手伝いさせていただきますね」

「ありがとうございます。とても助かります」

それから二人で試着室へ入り、出てきたのは一〇分後。

「どうですか？　ヒスイ」

「……っ！　すごく可愛い！」

「っ！」

はにかみつつ試着室から出たツェリシナに対して、ヒスイは目をキラキラさせて賛辞を口にした。

（そこまで素直に言われると恥ずかしいんだけど……っ！）

顔を赤くしつつ、ツェリシナは「ありがとう」と微笑《ほほえ》む。

「やっぱりヒスイに決めてもらってよかったです」

「はい」

ヒスイが服の代金を支払い、店を後にする。

「次は花の苗を買いましょう。三種類の花を、大樹の近くに植えたいんです」

「花があると賑《にぎ》やかになっていいですね」

＊＊＊

ツェリシナたちが花の苗を買って村へ行くと、作業をしていた村人たち全員がその手を止めて集まってきた。どうやら、ツェリシナに挨拶《あいさつ》をしに来てくれたようだ。

「ようこそツェリシナ様」

「ジャガイモが、すごいスピードで成長しています！」

「あと数日で出来上がるかもしれません」

村人たちの言葉を聞いて、さすが大樹の恩恵があるなとツェリシナは思う。これなら、予定よりも早くレベルを上げていけるかもしれない。

「あ、お花！」

女の子の一人が、ヒスイの抱えている花に気づいた。

この村には花がないので、見られたことだけでも嬉《うれ》しかったのかもしれない。ツェリシナは子どもたちに声をかけて、目線を合わせるようにしゃがみ込む。

「今から大樹の周りに植えようと思います」

「そうなの？　私も一緒にやっていい？」

「もちろんです」

ツェリシナが許可を出すと、子どもたちが喜んで大樹の下まで一目散に駆けていく。

今までしていた仕事をほっぽりだす形になってしまったので、ツェリシナは慌てて一緒にいた女性に謝罪をする。

「ごめんなさい、ええと……」

「オデットといいます、ツェリシナ様。蔓《つる》でカゴを作っていただけですので、こちらの仕事は問題ありません。よければ、私も一緒に花を植えてもいいですか？」

「ええ、もちろんです。ありがとう、オデットさん」

子どもたち数人と、オデットと一緒に大樹の近くに花を植えることにした。

用意した花は、ヒスイが抱えている三種類。

小さな白色が可愛い『シロツメクサ』と、数種類の色を用意した『チューリップ』に、花の蜜《みつ》がたくさん採れる『レンゲ』の三種類。

大樹の周囲に丁寧に植えれば完了だ。

『わうわうっ！』

「あ、こらトーイ！　花を植えた場所で暴れるんじゃない！」

楽しそうにはしゃぐトーイをなだめようと、ヒスイが四苦八苦している。村人たちの視線も、そんな二人に注がれている。

（今ならこっそり確認しても大丈夫かも）

✦ツェリシナ・リンクラート✦

所有大樹：Lv.2

守護神獣：トーイ

所有領地：アルバラード王国リンクラート領第二地区

領民：15人

大樹スキル

	豊穣の加護	Lv.1	：大樹の半径25メートルの作物がよく育ち、土の品質アップ
UP!	**甘い蜜** ⬆	Lv.2	：大樹が甘い蜜を発し、蝶々・蜂を惹きつける

「アースガルズシステム、【起動】」

（うん、【甘い蜜】のレベルが上がってる！）

レベル2からは蜂が現れて、養蜂箱《ようほうばこ》を置いておくと蜂蜜が取れるようになるのだ。この村はあまりに物がなさすぎるので、蜂蜜を使ってどうにか収入を確保したいと考えている。

（ガッツさんにお願いしたら、養蜂箱も作ってもらえるかな？）

そこまでしっかりしたものでなくても大丈夫なので、ひとまず相談しようとツェリシナは考えた。

しばらくすると、【甘い蜜】のレベルが上がったことにより大樹の周辺に蜂が飛んできた。

この蜂は名前を『フラワービー』といい、蜜を集めることに特化した蜂だ。野生で生息している姿は発見されておらず、大樹の側《そば》でのみ見ることができる。

ぱっと見は黄色い蜂なのだが、お尻《しり》の部分に花が咲いているのですぐにフラワービーだとわかる。針はあるが、人や動物を刺すことはない。

「きゃっ、蜂が飛んできた！」

子どもが慌てて逃げようとするのを見て、ツェリシナは「大丈夫ですよ」と笑顔を向ける。

「この蜂は、フラワービーっていう名前なんですよ。可愛らしいでしょう？　花から蜜を集めて、蜂蜜を作ってくれるんです」

「はちみつって……あの、甘いやつ？」

「そうです。ですが、そのためには養蜂箱が必要なので、ガッツさんに相談してみないといけません」

ツェリシナの話を聞いて、全員がほうけた顔になった。

まさかこんな簡単に蜂蜜を手に入れられるとは思ってもみなかったのだろう。それはヒスイも同じだったようで、すぐガッツに話をしましょうと言ってくれた。

その様子を見ていたオデットがツェリシナの下へ来て、ゆっくり手を挙げた。

「私が呼んできますので、ツェリシナ様はお待ちください。きっと、ガッツとアントン爺《じい》も花とフラワービーを見たいと思いますから」

「ありがとう、オデットさん。……それじゃあ、お願いしてもいいですか？」

「はい！　すぐに呼んで来ますね」

オデットが急いでアントンの家へ向かうのを見送ると、今度はヒスイが疑問を口にした。

「養蜂箱は、そんな簡単に作れるんですか？」

「わたくしもあまり詳しくはないのですが、箱を何個か作って、網を張った板を入れておけば大丈夫だと思います。早ければ、三日ほどで蜂蜜が取れるはずですよ」

「そんなすぐに取れるんですか？　すごいですね……」

実際にやったらもっと時間がかかるかもしれないが、ゲームシステムが作動しているので一定時間が経《た》つと一定量の蜂蜜を手に入れられるのだ。

（ひとまず【甘い蜜】のレベルはこのままでいいとして……）

あとはジャガイモを収穫して収穫しまくって、レベルを上げていく必要がある。そうすれば、作物の育つ範囲が広がるので畑が豊かになっていくだろう。

「ツェリ様、ガッツさんが来ましたよ」

「アントンさんも一緒ね」

ヒスイが視線を向けた方に、オデットと一緒に二人が慌てた様子でやってきていた。おそらく、オデットから現状の説明をしてもらったんだろう。

「なんじゃこれは、すごい数の……蜂？」

驚いた様子のアントンとガッツが、きょろきょろと大樹の周囲を見回している。たくさんのフラワービーが珍しいのだろう。

（というか、見るのも初めてかな？）

ぼけっとしていたアントンとガッツだったが、ツェリシナがいることを思い出してはっとする。すぐこちらへやってきて、頭を下げて挨拶をした。

「お待たせいたしました、ツェリシナ様」

「オデットから簡単な話は聞いています。なんでも、この蜂を使って養蜂をするのだとか……」

ガッツの言葉に、ツェリシナは「そうです」と頷《うなず》いた。

「ここにいるフラワービーたちは、花の蜜を集めてくれます。ああ、人間にはいっさい攻撃をしてきませんから、安心してくださいね」

むしろ、花を用意してあげれば仲良く共存することが可能だ。

ツェリシナの言葉に頷き、ガッツはほっとした表情になる。もし子どもが蜂に刺されたら……と不安だったのだろう。

「木材は私たちが裏に集めたのがありますので、それを使って作りますね」

「ありがとうございます。説明をするので、わたくしも一緒に行きます。ヒスイ」

「はい」

ツェリシナがヒスイを呼ぶと、トーイも一緒にやってきた。

三人と一匹で準備をすることになった。木材が置いてあるのはアントンの家の裏で、薪《まき》も積み上げてあった。

ガッツが木材を選んでツェリシナに見せて、問題がないか確認する。

しっかりした焦げ茶色の木で、板のかたちに加工がしてあった。これなら、歪《ゆが》みのない養蜂箱を作ることができるだろう。

「養蜂箱は、五個作ってください。四角い箱にして、その中に網を張った板を横にして入れてください」

「横に？　縦じゃなくていいんですか？」

「はい。フラワービーは、最初に特殊な液体を使って、網の部分に籠《かご》を作るんです。そしてその中に、蜜を溜《た》める習性を持ちます」

フラワービーは普通の蜂とは違って、養蜂箱を作るのが簡単だ。それに加え、蜜を採取しても怒られないので楽に蜂蜜を得ることができる。

「わかりました、その仕様で作ってみましょう」

「お願いしますね。わたくしはその間に、ちょっとした準備をしておきます」

「？　わかりました」

ひとまずガッツに任せ、ツェリシナはヒスイとトーイを連れてハルミルの町へと買い物へ行くことにした。

＊＊＊

ガッツに頼んで作ってもらった養蜂箱を設置して、三日が経った。

そう、三日だ。

（今日は蜂蜜が採取できる日だ〜！）

この日のために、ヒスイと一緒に買い物もした。それを馬車に積み込んで、今は村へ向かっている最中だ。

今日はちょっとしたイベントがあるからと伝えてあるので、村のみんなは大樹のところに集まってくれているだろう。

「んふふ～！　トーイも嬉しいよね、今日は美味《おい》しいものをいっぱい作って食べようねっ！」

浮かれているツェリシナは、馬車の中にトーイしかいないこともあり、すっかり砕けた素の口調になってしまっている。

ヒスイは御者をしてくれているので、聞こえてはいないだろう。

それからしばらくして、ヒスイの「着きましたよ」という声とともに馬車の扉が開いた。

「ご機嫌ですね、ツェリ様」

「楽しみすぎて……。ありがとう、ヒスイ」

ヒスイの手を借りて馬車を降りて、大樹の下へと向かう。

するとすでに村人が全員集まってくれていた。

「お待たせしてしまったでしょうか？」

「いえいえ。わしら全員、待ちきれずに早く来てしまったんですじゃ」

「まぁ。わたくしも、待ちきれない気持ちでいっぱいでした」

アントンと挨拶《あいさつ》をして、ツェリシナは村人全員と挨拶を交わす。

そしてここからが本番だ。

「ヒスイ」

「はい、ここに準備してあります」

ツェリシナの呼び声に応《こた》えて、ヒスイが瓶を五個取り出した。ここに蜂蜜を入れるのだ。

「それじゃあ、蜂蜜を採取しましょう」

「はやく、早く見たいよー！」

「蜂蜜って、すごく甘いんだろ⁉」

子どもたちがはしゃいで、今か今かと目を輝かせている。

「それじゃあ、一つ目はわたくしとヒスイで採取してみますね。残りは、みなさんもやってみてください」

箱の中から網を張った板を取り出すと、一緒にフラワービーが飛び出してきた。板の部分には、黄金色の蜂蜜がたっぷりついている。

ヒスイと一緒に板を持ち、ゆっくり傾けて瓶の中へ流し入れる。板の端を注ぎ口のように加工してあるので、こぼすことなく瓶へ入れることができた。

「すごい……。蜂蜜は、こうやって作ってたんですね」

「そうですよ。集めてくれた蜂たちに感謝しながらいただくんです」

「はい」

ツェリシナが一箱分の蜂蜜を採取すると、ちょうど瓶が一つ満杯になった。

「それじゃあ、みなさんも今みたいに蜂蜜を採取してください。わたくしは、その間にヒスイとちょっとした準備をしますから」

村の人たちがさっそく蜂蜜を採取するのを見て、ツェリシナは持ってきた道具を設置する。石を何個か積み上げて、その中に火を起こす。そして上には買ってきた大きな鉄板を載せて、料理の準備を整える。

今から作るのは、パンケーキだ。

手の込んだものではないけれど、蜂蜜と一緒に食べるならこれだろうとツェリシナはずっと考えていたのだ。

もちろん町でも食べられるのだが、自分で作ったらとびきり美味しいだろう。

(それに、きっと村の子どもたちは食べたことがないだろうし……)

自分たちの村で採れた蜂蜜が美味しいのだということを、ぜひ知ってもらいたい。

用意しておいた生地を鉄板の上に載せると、じゅわあぁっといい音を立てた。それに反応したのは普段料理をしている女性陣だ。

オデットが興味深そうにこちらへ来たので、手伝ってもらうことにした。

「これはパンケーキといって、蜂蜜をかけて食べると美味しいんですよ」

「パンケーキ！　名前だけは聞いたことがあります。とっても美味しくて、ほっぺたが落ちてしまうのだとか……」

パンケーキにかなり憧《あこが》れているらしく、オデットは嬉《うれ》しそうだ。

「それでは、作り方を教えるので焼いてもらえますか？」

「もちろんです！　お任せください、ツェリシナ様」

「生地の表面がぽつぽつしてきたら、裏返す合図です。こうやって……えいっ」

「あぁぁ、美味しそうな色です！」

ツェリシナは綺麗《きれい》な焼き色に満足し、ヘラをオデットに渡してやってみるようにこつを教えてあげる。

「わかりました。……よいしょっ！」

気合の入ったオデットの掛け声に、思わずくすりと笑う。少し形が崩れてしまったけれど、綺麗にひっくり返すことができた。

ヒスイは焼けたパンケーキをお皿に載せて、村人たちに配っていく。

また三日後に蜂蜜《はちみつ》を採取することができるので、今日の分は全部自分たちで食べてしまおうとツェリシナは考えている。

パンケーキを受け取った人はみんなそわそわした様子で、鼻に近づけてその香ばしく美味しそうな匂《にお》いをかいでいる。

食べたいが、まだ全員に行き渡っていないため我慢して待ってくれているようだ。


それからしばらくして、全員にパンケーキが行き渡った。

ツェリシナはこほんと一つ咳払《せきばら》いをして、口を開く。

「みなさんのご協力のお陰で、こうして蜂蜜を採取することができました。この村の名物として、これからも取り扱っていけたらと思っています」

そして大樹の周囲に植えてあるジャガイモを見る。

もう立派な葉が生い茂っていて、明日あたりに収穫することができるだろう。さすがは大樹のスキルがあると成長速度が普通と違う。

とても順調な村に、胸が熱くなる。

ツェリシナはぐっと嬉し涙《なみだ》を堪《こら》えて、笑顔を作る。

「今日の蜂蜜は、まず味を知るために全部食べましょう！　パンケーキにつけて食べると美味しいので、どんどん食べてください。おかわりもありますよ。それでは……神々の加護に感謝し、食事をさせていただきます」

「「神々の加護に感謝し、食事をさせていただきます」」

ツェリシナが祈りの言葉を口にすると、全員が復唱する。

そしてすぐさま、蜂蜜をつけたパンケーキを頬張《ほおば》った。

「うま――いっ！」

一番に声をあげたのは、ガッツだった。

養蜂箱《ようほうばこ》を作るときからずっと楽しみにしていてくれたようだ。

ほかのみんなも、とろけるような表情でパンケーキと蜂蜜を味わってくれている。

その光景を見て、悪役令嬢も捨てたものではないかもしれない――そう、ツェリシナは思うのだった。

閑話　大地の優しさに包まれる　――ヒスイ

ツェリ様の村にある大樹の近くに、チューリップ、シロツメクサ、レンゲの三種類の花が植えられた。ちょっとした花畑になっているそこは、神獣であるトーイのお気に入りの場所だ。

同時に大樹が甘い匂いを発しているのか、フラワービーという不思議な蜂もやってくる。こいつらは花の蜜《みつ》を採取してくれるから、俺たちが蜂蜜を手に入れることができる。

食べてみたけど、とても美味しかった。


花の上を飛び跳ねるように走るトーイは、大樹の側《そば》がとても気に入ったらしい。

『わふわふっ！』

「トーイ、少しは落ち着け。昼食をとったばっかりだろ？」

『くぅん……』

注意したら、耳をへにょりと下げられてしまった。どうやら、それほどまでに大樹の近くで遊んでいたいらしい。俺にも遊べと腕を甘噛《あまが》みしてくるが、構わず花畑の上に寝転がる。

「無理、俺は少し休憩……」

毎日執事見習いとしてツェリ様と一緒に行動をしているが、夜も勉強することが多くてあまり睡眠時間がとれていない。なので、お昼の後は少しだけ昼寝をするようにしている。

柔らかな地面に身を任せてしまえば、あっという間にトーイの声は聞こえなくなって眠りの世界へ足を踏み入れる。

夜に勉強できるように、しっかり休んでおかないと……。そう思いながら、俺はゆっくり意識を手放した。

＊＊＊

意識が再び浮上するまでの時間は、きっちり三〇分。スラム時代からの癖で、よほど疲れていない限り昼間に長時間寝ることはできない。

すぐツェリ様のところに行こうと目を開けたら、眼前にツェリ様の顔があった。

「──っ」

「おはよう、ヒスイ」

『わふっ』

「……おはようございます。ツェリ様、トーイ」

驚きすぎて、息が止まるかと思った。でもそれ以上に、人がこんな近くに来ても起きなかった自分に心底驚いた。

それだけ俺がツェリ様を信頼してる……ってことなのかな。

「ヒスイ、わたくしも休みたいからこのままもう少し休憩しましょう？」

「あ……はい」

嬉しそうにくすくす笑うツェリ様は、きっと俺を気遣ってくれたんだろう。

さあっと優しい風が吹いて、ツェリ様の白銀の髪が空に舞う。その姿がここの花畑の花よりもずっと綺麗で、目を奪われそうになる。

「……紅茶を淹《い》れますね、ツェリ様」

「ありがとう。ヒスイも一緒に飲みませんか？」

「はい」

お言葉に甘えて、一緒に紅茶を飲むことにした。

紅茶を淹れる練習だけは嫌というほどしたので、この短期間でだいぶ上達したと自分でも思う。ツェリ様の侍女のアンナにもコツを教えてもらったから、下手な使用人よりは上手《うま》くできる。

ただ、茶葉の種類が想像よりも多くてどれを使えばいいかわからなくなることが多い。いちいち今日の茶葉は……なんて説明はしないけど。

ツェリ様ほどの令嬢になると、紅茶の違いもわかるのかな？　正直に言えば、俺はあまり紅茶の違いがわからなかった。

匂いがまったく違うとかだったら、すぐに気づくんだけど……。

「せっかくですし、今日は砂糖ではなくフラワービーの蜂蜜にしますか？」

「それはとっても美味しそうですね。ぜひお願いします、ヒスイ」

「はい」

瓶に保管してある蜂蜜を取り出して、紅茶へ入れる。ゆっくりティースプーンで混ぜてから、ツェリ様へと渡す。

「ありがとうございます」

まずは香りを楽しんで、ゆっくり紅茶を口に含んだ。とたんにツェリ様が笑顔になったので、ちゃんと美味《おい》しく淹れられていたようだと安堵《あんど》する。

「こうしてお茶をすると、格別の美味しさですね」

「……そう、かもしれないです」

今までは、同じものなんていつ食べても味に違いはないと思っていたのに。

だけど、ツェリ様とトーイと一緒に大樹を眺めながら飲む紅茶は、確かに格別だった。

6　ツェリン村の誕生

ツェリシナが任されている第二地区から一番近い町は、第一地区、第三地区、第四地区にまたがったハルミルの町だ。

ここ数日は、そこにある本邸で過ごすことが多くなっている。

そして今はもう、夜も明けようという時間だった。朝日が昇り、少しずつ室内に明かりが差し込まれてきたが……ツェリシナは、机に向かって真剣な表情をしている。

「もう朝……なのに、まったく決まらない……」

どうしようと、ツェリシナの口から小さな呟《つぶや》きが溢《あふ》れる。

「今日こそは、って思ったんだけどなぁ～！」

うっかり徹夜してしまったと、肩を落とす。

こればかりは性格だから、仕方がない。いつもそう、前世のときからそうだったのだから、きっともう治しようのない病だろう。ただ、一定の人が思っているとツェリシナは思っている。

「村の名前が、決まらない！　そもそも、私にネーミングセンスなんてないのに！」

ゲームをやる際、デフォルトの名前がないときはキャラクターメイキング画面をぼけーっと一時間ほど見ているなんてざらだった。

名前が決められない症候群だ。

ゲームであればある程度てきとうに決めてもいいかもしれないが、今はゲーム世界といえど現実で、住んでいる村人だっている。

「変な名前の村にするのだけは駄目……！」

どうにか格好《かっこ》いい名前にできないだろうかと考えていた結果、夜が明けたのだ。

ツェリシナはため息をついて、いっそこのまま寝てしまいたいと思うのだった。

＊＊＊

村へ向かう馬車の中で、ツェリシナは自分の頬をくるくる円を描くようにマッサージしていた。

それをトーイが楽しそうに見ているが、ツェリシナはまったく嬉しくない。机につっぷして寝てしまったので、ほっぺたに痕《あと》がついてしまったのだ。

『わふん？』

「大丈夫、村に着くころには消えてる予定だから……！」

ツェリシナはぎゅっとトーイに抱きついて、もふもふを堪能《たんのう》する。

「トーイはあったかいなぁ……ずっとこのまま側にいたいくらい」

ぬくぬく温かいトーイのもふもふと、ほとんど寝ていなかったことにより、ツェリシナはゆっくり意識を眠りの中へと手放した。

それからしばらくして、馬車が村へ到着した。

いつものようにヒスイが「ツェリ様」と外から呼びかけるが、今日は寝ているため返事がない。

どうしたのだろうと首を傾《かし》げつつ、ヒスイはゆっくり馬車のドアを開けた。

「……村の名前を考えてて、眠れなかったたって言ってたもんな」

もう少し馬車の中で寝かせておくのがいいだろうか？

けれど、今日は村の名前を決めてジャガイモの収穫もするのだと、ツェリシナが張り切っていたのをヒスイは知っている。

「う～ん……。どうしようか、トーイ」

『わふっ！』

「あっ！　そんな大きな声を出したら……」

「んぅ……」

ほーら、ツェリシナが起きてしまった。

ヒスイは苦笑しつつ、仕方がないので主人の目覚めを受け入れる。起きてしまったのだから、仕方がないのだ。

「ふぁあ、よく寝たぁ～。トーイのもふもふ、気持ちよすぎぃ……」

ツェリシナは大きな欠伸《あくび》をひとつ。

寝起きということもあって、素の喋《しゃべ》り方になってしまっている。ヒスイはその様子にくすりと笑って、「到着しましたよ」とツェリシナに声をかけた。

「――っヒスイ！　わ、わたくし寝てしまったんですね。ごめんなさい」

「いいえ。お疲れ様です、ツェリ様。もう少し馬車で休んでから行きますか？　村の名前を考えていたんですよね？」

「そうなんです。……ヒスイは、どんな名前がいいと思いますか？」

馬車の中で座ったまま、ツェリシナは今聞いてしまえとヒスイを見る。もしかしたら、神的なセンスの持ち主かもしれない。

「そうですね……ツェリ様の村なので、ツェリシナ村なんてどうですか？」

（センスなんてなかったわ……）

ヒスイの告げた村の名前に、ツェリシナは考えるまでもなく首を振る。

「さすがに自分の名前なんて付けられませんよ、ヒスイ。今日は大切な日ですから、大樹の下へ行きましょう」

「かしこまりました」

ツェリシナの言葉に頷《うなず》き、ヒスイは手を差し出す。それを取ってツェリシナが馬車から降りると、すぐにアントンがやってきた。

「お待ちしておりましたじゃ、ツェリシナ様」

「出迎えていただきまして、ありがとうございます。さっそくですが、大樹の下へ行きジャガイモの収穫をしましょう」

「はい！　村人総出で待っておりますじゃ！」

まったく寝ている場合ではなかったと、ツェリシナは気合を入れて大樹の下へ向かう。すると村人全員が待ってくれていて、迎えてくれた。

「ツェリシナ様！　ジャガイモがすごいですよ！」

「これは豊作です！　この村で、こんな奇跡が起きるなんて」

口々に嬉《うれ》しそうに言う村人たちに、ツェリシナも頑張ってよかったと思う。

「それでは、ジャガイモを収穫しましょうか」

「少しだけ待ってください。ジャガイモの収穫の前に、やりたいことが一つあります」

「やりたいこと、ですか？」

ツェリシナはゆっくり村人たちを見回す。総勢一四人が、期待のこもった瞳《ひとみ》でツェリシナのことを見つめているのがわかる。

深く深呼吸をして、口を開いた。

「この村の名前を、決めたいと思います」

すると、すぐに歓声が起こった。

やはり村の名前がないことを、みんな気にしていたようだ。村に名前がつけば地図にも場所の記載がされるし、ほかの村や町と交流もできるようになるだろう。

「この村にも名前が……！」

「ええ。ただ、まだ名前を決めかねていて……」

ツェリシナがそう言って眉《まゆ》を下げると、村人たちが思う名前を口々に言い出した。

「二地区にあるから、ニーノ村とか？」

「蜂蜜《はちみつ》の村！」

「じゃがいも村！」

大人は多少考えているようだが、子どもたちは思ったことをすぐ村の名前にしている。その様子が微笑《ほほえ》ましくて、自然と笑みが浮かぶ。

「いっそツェリシナ様のお名前の村にしてみたらどうだ？」

「ああ、それはいいかもしれません！」

「ツェリシナ村！」

盛り上がる人たちに、ツェリシナは絶対に止《や》めてくれと心の中で強く思う。

（ヒスイといい、どうして私の名前をつけたがるのか‼）

しかしふいに、隣にいるヒスイが真剣な表情をしていることが気になった。どうやら、村人たち同様ヒスイももう一度考えてくれているらしい。

「ヒスイ、何かいい案がありましたか？」

「……ツェリン。ツェリ様の名前からとって、ツェリン村というのはどうでしょうか？」

「わ、わたくしの名前からとるのですか⁉　それでも少し恥ずかしいといいますか、もっとこの村の特徴を捉《とら》えた名前の方が……」

ヒスイの提案に、ツェリシナはあわあわと戸惑いを見せる。

駄目という思いを込めて、首を横に振るのだが……「いいですな！」とアントンが声をあげた。

それに続いて、村人たちも頷いている。

「賛成！　とってもいい名前だと思います！」

オデットが手を叩《たた》いて、すぐアントンに同意した。

「俺もいいと思います！　ツェリン村、響きもいい！」

「ここはツェリン村だ！」

「つぇりん、つぇりん！」

子どもたちも音の響きが気に入ったようで、もうツェリシナが嫌だと言えない雰囲気になってしまった。

ヒスイは満足そうにしていて、絶対にツェリン村以外は認めなそうな様子だ。

（私の名前なんて……ああもっ、腹をくくるしかない！）


「……では、ツェリン村とします！」


ツェリシナがそう宣言すると、大樹がぱぁっと光り、若芽がにょきっとその身長を伸ばした。少しだけ木の幹の部分が現れ、小さな若葉が生えて、そこから光が溢れ出た。

それは大樹の周辺に降り注ぎ、土がほんの少しキラキラと輝いた。

（よし、新しいスキルをゲット！）

実は領地に名前をつけるという行為は、スキル獲得クエストの一つだ。畑に大樹の恩恵が届き、収穫量がアップするというもの。

つまり、これから収穫する予定のジャガイモもその量を増しているということになる。それもあり、収穫前に村の名前をつけたかった。

微《かす》かに、けれどキラキラと光る畑に村人たちは大慌てだ。

「大樹の恵みです。作物の収穫量が、少しだけ増えるようになったと思います」

「まさかそのようなことが……大樹とは、本当にすごいですじゃ……」

アントンがまじまじと畑を見て、「ありがたや」と大樹に頭を下げた。それを見たほかの人たちも、大樹へ向かい礼を告げる。

「それじゃあ、ジャガイモを収穫しましょう！」

「「「はいっ！」」」

ツェリシナの合図を聞き、みんなで一斉にジャガイモの収穫を開始した。

自分たちの作物を収穫できることが、とても嬉しいのだろう。すごい勢いで畑を掘り、大量のジャガイモを収穫していく。

《ピロン！　大樹レベルが3になりました》

「あ、そういえば大樹レベル3の条件は作物を五〇個収穫だった」

豊穣《ほうじょう》のスキルばかりを気にしていたので、失念していた。そちらを上げるついでに大樹レベルが上がったのだからラッキーだったと、ツェリシナは思う。

あっという間に、【豊穣の加護】のレベルアップに必要な収穫数に達した。一〇〇個の収穫で、レベルが上がるのだ。

にんまりと笑い、アースガルズシステムを確認する。みんなはまだ、ジャガイモに夢中だ。

「システム、【起動】」

✦ツェリシナ・リンクラート✦

村の名前：ツェリン

UP! 所有大樹：Lv.3 ⬆

守護神獣：トーイ

所有領地：アルバラード王国リンクラート領第二地区

領民：15人

大樹スキル

UP! 豊穣の加護⬆ Lv.2：大樹の半径150メートルの作物がよく育ち、土の品質アップ

甘い蜜 Lv.2：大樹が甘い蜜を発し、蝶々・蜂を惹きつける

NEW! 領地命名：収穫量がアップ

よしよし、無事に【豊穣の加護】のレベルが上がって、新しく領地命名の効果がついている。ここまでくると、順調すぎて恐ろしいくらいだ。

ツェリシナは満足して、起動画面を閉じる。

そして視線は、ジャガイモを収穫する様子へ向かう。

「うわっ、こんなにジャガイモが取れた‼」

そう言って声をあげたのは、オレンジがかった茶色い髪の青年だった。その手には、ジャガイモが五個もついた茎を持っている。

ツェリシナはその様子を見ていて、思わずすごい！ と声に出しそうになった。お淑《しと》やかに……と努めながら、青年の下へ行ってみた。

「すごいですね。やっぱり、男性は力がありますね」

「ツェリシナ様！」

「わたくしは、三つしか取れなくて……」

そう言って、ツェリシナは自分が収穫したジャ

ガイモを見せた。

「お名前を伺ってもいいですか？」

「は、はいっ！　俺、えっと……レオです」

名乗って嬉しそうに笑った顔は、とてもさわやかな青年だ。ムードメーカー的な役割をしてくれそうだなと、ツェリシナは思う。

「レオさんですね。今からこのジャガイモを調理しようと思うので、手伝っていただけますか？」

「もちろんです……っ！」

ツェリシナのお願いに即座に頷き、レオは「何をしたらいいですか？」と期待を込めてツェリシナを見る。

「まずは、ジャガイモを洗ってください。その間にヒスイ、調理器具の準備をお願いします」

「そうですよね、洗わないと料理できませんもんね……！　すぐ、エリクとロジェにも声をかけて洗ってきます！」

「すぐに調理道具の準備をします」

レオは二人の男性に声をかけて、ジャガイモを持って井戸へ向かった。この村にいる青年はこの三人で、そこから歳《とし》が離れてガッツ、アントンがいる。

ツェリシナの横に控えていたヒスイは、ガッツに準備を頼んでおいた調理器具を用意しに行ってくれた。

みんなで収穫したジャガイモなので、ぜひその味を知ってほしい。蜂蜜のときと同じで、まずは自分たちで味わって、それから売りに出すなり保存するなりすればいい。

（やっぱりジャガイモ料理って言ったらあの二つ！　あぁ、早く食べたいなぁ～っ）

ツェリシナは待ちきれなくなり、トーイを呼んでヒスイの後を追うことにした。

＊＊＊

初めて会ったとき、心臓が大きく音を立てた。

でも、メリアはそれが恋だということに気づかなかった。

しかし、自分の心臓をおかしくした人物――ソラティークに会うたび、それは起こった。彼を見つけるたびに視線で追ってしまったら、否応無しに気づいてしまう。

――ああ、わたくしはソラティーク様をお慕いしているのだ、と。


「でも、ソラティーク様にはツェリシナ様がいらっしゃるもの」

婚約者がいる男性、しかもこの国の王太子だ。

本来であれば、諦《あきら》めるものだろう。しかし、メリアはどうしてもソラティークのことを忘れることができなかった。

もっと会いたい。

ダンスを踊りたい。

一緒にお茶をしたい。

隣で微笑んでいてほしい。

欲はどんどん膨らんでいった。

そしてふと、気づいてしまったことが一つある。

「ソラティーク様とツェリシナ様って、あまり一緒にいらっしゃらない？」

最低限の夜会くらいだろうか。

それ以外は、お茶会でもツェリシナの姿を見ることはほとんどない。メリアが仲良くなった令嬢に聞いてみたところ、ほとんど外に出ていないということを知った。

——加護がないのだから、恥ずかしくて出られないのでしょう。そう言って、メリアの友人の令嬢はくすりと笑った。

だから浅ましくも、もしかしたら自分にもチャンスがあるのではないかと思ってしまったのだ。

「わたくしは、豊穣神フレイのご加護を得ている。領地運営に携わることができれば、きっと実り豊かな国になるはず……」

精霊から加護を得ている人は多いが、神からの加護を得ている人は少ない。

これは、伯爵の娘のメリアにとって唯一ツェリシナに勝てる点であり、ソラティークの隣に立てる可能性のある力でもある。

加護なしのツェリシナより、ずっとずっとこの国のためになるだろう。

メリアは静かに深呼吸をして、大丈夫だと自分に言い聞かせる。きっとソラティークは、加護のある自分を選んでくれるはずだ、と。

「……あ、馬車が止まったわ」

――今、メリアは馬車に乗ってとある場所に向かっているところだった。

「メリア様、第二地区にある『村』に着きましたよ」

「ありがとう」

護衛の騎士が馬車のドアを開けてくれたので、その手を取って優雅に降りる。外へ出かけるときは危険だからと、女性の護衛がいつも一緒にいるのだ。

御者は頭を下げて、「あちらです」と村を指差した。

そう、ここはツェリシナの村。

「ですが、どうしてこのような場所に？」

護衛は理由を聞いていなかったようで、メリアに問いかけた。

「なんでも、ツェリシナ様は父親の領地の一部を管理しているみたいなの。夜会にもまったく出られていないし、ソラティーク様と会っているご様子もないし……」

一体どういうことなのかと、メリアは気になって村へやってきたのだ。


今日の目的は、二つ。

ツェリシナはソラティークのことを慕っているのかということが聞きたい。もしそうでなければ、本気でソラティークにアプローチをしたいと思っている。

そしてもう一つは、大樹のこと。貴族間の噂《うわさ》は広がるのが早いもので、ツェリシナが領地代行になり大樹を育て始めたということはメリアの耳にも届いていた。

メリアが護衛の騎士とともに村へ入ると、賑《にぎ》やかな声が中心の方から聞こえてきた。どうやら村人全員で何かをしているらしい。

メリアは口元に手を当てて、護衛騎士を見る。

「……あれは何をしているのかしら？」

「ええと、油の中に何かを……薄く切ったジャガイモ？　を、入れているようですね」

「そんな料理、聞いたことがないわ」

眼前に広がる不思議な光景に、メリアと護衛騎士は互いに顔を見合わせた。

中心にいるのは、村娘の服装のツェリシナ。たとえ着ているものが違ったとしても、その美しさを見間違うことはない。

そしてその少し奥には、大樹があった。

「そんな……大樹が成長し、葉が生えている……。加護を持たない、ツェリシナ様が……？」

護衛の騎士は驚きで目を見開き、あり得ないと呟《つぶや》いた。それもそのはず、大樹を育てることができるのは加護を持つ人間だけだと言われているからだ。

メリアも同じように思った。加護のない彼女が、どうして……。そんな考えばかりが、頭の中をぐるぐる回る。

加護がなくても大樹を育てられるなら、ソラティークがツェリシナを選んだとしてもなんら不思議はない。

メリアは無意識のうちに、ぎりっと唇を噛《か》みしめた。

「……ツェリシナ様にご挨拶《あいさつ》をしてきますね」

「はい。私は後ろに控えていますね」

護衛騎士が頷《うなず》くのを見て、メリアは村の中心部へ行きツェリシナに声をかけた。

「ツェリシナ様、ごきげんよう」

「……っ、メリア様？　ごきげんよう」

突然メリアが出現したので、ツェリシナは驚いて目を瞬《しばた》かせた。まさかこんなところに来るなんて、考えてもいなかったのだろう。

村人たちも、メリアの出現に思わず手を止めた。

驚くツェリシナに、メリアはまず気になったことを聞いてみた。

「ええと、何をしてらっしゃるのですか？」

「ああ……これは、初めてジャガイモの収穫をしたので、調理をしていたんです。『ポテトチップス』に『じゃがバター』といいます」

どちらも美味《おい》しいのだとツェリシナに勧められたので、メリアは手を伸ばしてポテトチップスを一枚口にした。

パリッとした歯ごたえは今まで経験したことのないもので、とても食欲をそそる。もう一枚ほしいと、本能が告げてしまう。

ツェリシナもそれを察したようで、笑顔でポテトチップスの追加をくれた。

「ありがとうございます、ツェリシナ様！　とっても美味しいです。わたくし、ツェリシナ様が領地を任されていると聞いて……気になって来てしまったんです」

「そうだったのですか、ご心配をおかけしてしまいましたね。ですが、みなさんの力を借りて順調なんですよ」

「ええ、驚きました。料理もとても美味しいし……大樹の成長も」

メリアは大樹の方へ歩いて行き、「すごい」とうっとり目を細めた。

神々の加護を得ている人は、誰しも大樹に憧《あこが》れを持つ。自分が育てたら、素晴らしい大樹が育ち世界一になるかもしれないと……そんな夢を見るのだ。


「ツェリシナ様、わたくしも一緒に大樹を育ててもいいですか？」


「……え？」

まったく予想していない唐突なメリアの言葉に、ツェリシナは思わず声をあげた。

目の前で言われたことが信じられなくて、けれどすぐに、落ち着かなければと小さく深呼吸をして平常心を保つ。

「メリア様、それは――」

「だって、加護を持つわたくしが一緒なら大樹はぐんぐん成長します。そうすれば、ツェリシナ様にとっていいこと尽くしではありませんか？」

まったく悪気のなさそうなメリアに、いっそ頭痛がしてきた。そして彼女はツェリシナが止める間もなく、村人たちを見回してにこりと微笑《ほほえ》んだ。

「村のみなさんにも、ご挨拶をしなければいけませんね。わたくしは、メリア・サルティマールと申します。豊穣《ほうじょう》の神、フレイ様からご加護を授かっております」

すると、神の加護を得ているということもあって、村人たちがとても驚きつつもメリアのことを歓迎するムードになる。

まあ、突然やってきたとはいえお貴族様を邪険にすることなんてできるものではない。

（というか、ソラティーク様をほっぽって私のところに来たの⁉）

することを間違ってるやろー！　と、ツェリシナは叫びたいのをぐっと堪《こら》える。

「メリア様、ここはツェリンという名の村になりました。遊びに来ていただいて、ありがとうございます」

「お名前が決まったんですね。ツェリシナ様と同じ響きで、とっても素敵です」

にこにこ笑うメリアに、ツェリシナはどうしたものかと頭を抱える。

ひとまず先ほど言われた、一緒に大樹を育てたいというよくわからない主張は却下だ。システムを使い一生懸命育てているのに、自分以外をあの大樹の主人にするわけがない。

（それに……なんの前触れもなく突然来るなんて、非常識じゃない）


メリアの家、サルティマールは領地を持っていない。

そのため、別にどこの領地へ行くにしても制限はない。

ただしそれにも、例外がある。

それは、その地の領主を訪ねる場合だ。その際は、その旨を手紙で送り返事を待つ必要がある。

……とはいえ、これはどのシーンでも言える一般的なマナーだけれど。

メリアはそんなこともわからないのかと、ツェリシナはため息をつきたくなる。

（ヒロインのサルティマール家は、大樹を持っていない……）

せっかく豊穣神フレイの加護を得ているのに、これでは宝の持ち腐れだとでも思ったのかもしれない。

でも、他人の領地の大樹を育てたとして……ああ、もしかしたらツェリシナに何か見返りを求めるつもりなのかもしれない。

「……アントンさん、メリア様とゆっくりお茶をしたいので、すみませんが部屋を貸してはいただけませんか？」

「もちろんですじゃ」

ツェリシナはアントンに許可をもらい、彼の家でメリアと話をすることにした。

村のみんなには、料理を楽しんでとだけ告げてこの場を下がる。


ヒスイの淹《い》れる紅茶の香りに、ほっと息をつく。

トーイは家の前で待ってくれていて、今この場にいるのはツェリシナ、ヒスイ、メリア、彼女の護衛の四人だけ。

「名前のない村と聞いていたんですが、名前をつけられたんですね。もう地図に載るんですか？」

「いいえ、それはこれから申請をします。ここは、まだ始まったばかりの村ですから」

「それでも、大樹もあってとてもすごいです。ソラティーク様に聞いたのですが、大樹はとても貴重なもので、そう簡単に手に入るものではないのでしょう？」

メリアはとても目をキラキラさせて、自分も大樹がほしいというのがすぐにわかった。もしかしたら、ソラティークにねだったのかもしれない。

もちろん、もらえるわけはないのだが。

ツェリシナは苦笑しつつ、「ごめんなさい」と口にした。

「この村にある大樹は、わたくしがお父様からいただいた大切なものなんです。ですから、誰かと一緒に育てる……というつもりは、ないんです」

「そうなんですか……」

きっと、了承してもらえると思っていたのだろう。メリアはあからさまに落ち込んで、眉《まゆ》を下げた。

「……どうして、そんなに大樹にこだわるのですか？　もちろん、メリア様は加護を持っていますから、育てたいという気持ちもわかりますが……」

大樹を育てるのは、領地を得ている貴族だけだ。

もし本当にメリアが大樹の管理に携わりたいのであれば、領地を得ている大貴族へ嫁入りをするか、養子になるしかない。

それか、王族も大樹を持っているので王子と結婚するか……だ。

「わたくし、ツェリシナ様に謝らないといけません」

「え？」

突然の謝罪に、ツェリシナは困惑する。

もしかして、なんの連絡もなしにこの村へ来たことの謝罪だろうか。それなら受け入れようと思い、ツェリシナは先を促す。

「わたくし、ソラティーク様を好きになってしまったんです！」

「…………」

（知ってますけどー⁉）

なぜ今、ここで、そんなことを言うのか！

後ろで控えていたヒスイも、驚いて目を見開いてしまっている。

ソラティークはメリアと結ばれる運命にあるとはいえ、今はツェリシナの婚約者だ。メリアのこの発言は、適切ではない。

マナーのレッスンをしてこなかったのだろうかと、ため息をつきたくなる。しかしふと、メリアの生い立ちを思い出す。

彼女は体が弱く、田舎で療養していたのだ。だからマナーの勉強も不十分だし、ダンスもまだまだ下手くそだ。ゲームでも、失敗を繰り返して成長していった。

ツェリシナは小さく息をついてから、まっすぐメリアを見る。

「メリア様」

「はい？」

「メリア様のお気持ちは、とてもよくわかりました。けれど、ソラティーク様はわたくしの婚約者です。わたくしのことを、とても大切にしてくださっています」

「…………」

たとえメリアと恋仲に近かったとしても、ソラティークは婚約者であるツェリシナのことを大切に扱ってくれている。

それはきっと、婚約破棄のそのときまで続くのだろうと思っている。だからこそ、ツェリシナは王太子であるソラティークの婚約者として振る舞わなければならない。

「わたくしは今の言葉を聞かなかったことにします。ですから、どうかメリア様もそのお気持ちに蓋《ふた》をしてください」

「え……っ」

「……わたくしとメリア様は年も近く、友人のように思われているかもしれませんが……わたくしは、侯爵家の娘です。そして今は、第二地区のみですが、領主代行の地位も父よりいただいております」

メリアにも伝わるように、厳しい言葉だが……身分というものをもっと自覚しなさいと、ツェリシナは言ったのだ。

「素直なところは、メリア様の長所かもしれません。ですが、もし本当にソラティーク様の妃を望むというのでしたら……お勉強をしてください」

令嬢としてのマナーはもちろんのこと、貴族間の礼儀や地理に歴史。学ばなければいけないことは、星の数ほどある。

そうでなければ、ハッピーエンドルートのあとがとてつもなく大変なことになる。これは、ツェリシナからのせめてもの応援だ。

「……はい」

メリアはツェリシナの言葉が響いたのか、肩を落としつつ頷いた。

「それから……人を訪ねる際は、事前に約束をする必要があります。わたくしだから大事にはなっていませんでしたが、ほかの貴族にしたらメリア様の家に抗議がくるかもしれません」

「えっ、そうなんですか……？　ソラティーク様は、いつも何も言わなかったので……」

少しお叱《しか》りとともにマナーを説いたら、逆に惚気《のろけ》を聞かされてしまったのだがこれはどういうことだろうか。

（……まぁ、二人が上手《うま》くいってるのはいいことだもんね）

「わたくし、何も知らない子どもみたいですね。いろいろ教えてくださってありがとうございます、ツェリシナ様。ソラティーク様に相応《ふさわ》しくなるよう、もっと勉強に励みます！」

「……そうですか」

つい先程のことを、もう忘れてしまったのだろうか。

ソラティークの婚約者はツェリシナだからその気持ちに蓋をしろと言ったはずなのに、相応しくなる宣言はいただけない。

メリアは、そうと決まればすぐに家庭教師を探さなければ！　と、立ち上がった。

「ツェリシナ様、今日はお話しできてとても楽しかったです。わたくしは酷《ひど》いことを言ったのに、仲良くしてくれてありがとうございます。また遊びに来てもいいですか？」

「……ええ。先にお手紙をいただけますと嬉しいです」

「もちろんです！」

果たしてツェリシナの遠回しのお説教は、ちゃんとメリアに届いているのか。いや、届いているからこそ、こうして帰ろうとしているのだろう。

「それでは失礼しますね、ツェリシナ様」

「帰り道、お気をつけくださいね」

「はい！　ありがとうございます」

護衛を連れて出て行ったメリアを見て、ずっと堪えていたため息を一つ。

ひとまず村に平穏が戻ってきたことに、ツェリシナはほっと胸を撫《な》で下《お》ろした。

＊＊＊

ハルミルの町にある本邸へ泊まることが多くなってきたツェリシナだが、王都にある別邸に帰ることもある。今日は、父親への報告があるため別邸へと帰ってきた。

「ツェリ様、ベイセル様のお帰りは二時間後くらいみたいですよ」

ヒスイが紅茶を淹れつつ報告をすると、ツェリシナは静かに頷《うなず》いた。

ソファに浅く腰かけて、淹れてもらった紅茶を手にする。その表情は疲れ果てていて、どうにもうとうとしてしまう。

「……今日はもう、寝たらどうですか？」

「ありがとう、ヒスイ。でも、お父様に急いで報告することがありますから……」

「今日来た、あのメリア様という女の人のことですか？」

メリアのことは、礼儀にあまり詳しくないヒスイからしても、酷いものだと思った。それを領主である父親に報告するのは当然のことだろう。

しかし、ツェリシナはきょとんとした瞳《ひとみ》でヒスイを見る。

「お父様に報告はしません」

確かにベイセルに報告をすれば、メリアの家へコンタクトを取るだろう。けれど、それをすると
……おそらく、ツェリシナに家へ戻れとも言うだろう。

そんなに大変なことがあったならば、領主代行などせず、家で王妃になるための準備をすればいい。わざわざ大変な領主代行なんてしなくても、将来は保障されているのだからと。

（さすがにそれは、勘弁願いたいのよね）

下手に父親であるベイセルが介入すると、きっとメリアなんて簡単に退けてしまうだろう。けれど、それでは駄目なのだ。

（ヒロインがソラティーク様と結ばれないと、バッドエンドになっちゃう）

そうしたら、ツェリシナも死ぬ。

さすがにそれは避けたいので、今回のことは自分で内々に処理をすることにしたのだ。

「……それじゃあ、ベイセル様にどんな用事があるんですか？」

「もちろん、ツェリン村のことですよ。名前を登録してもらいます。そうすると、領地内での取引が可能になるんです」

領主であるベイセルに話を通すと、リンクラート領の村や町と取引することが可能になる。その

他《ほか》の領地と王都は、その後に王様から正式な許可をいただいてからとなる。

だからこそ、ツェリシナは早く村の名前が決まったことを報告したいのだ。そうすれば、取引のみではなく地図に名前を載せてもらうこともできる。

嬉《うれ》しそうに話すツェリシナを見て、ヒスイも頬《ほお》を緩めた。

「メリア様のことで少し心配でしたけど、大丈夫そうですね」

「さすがに突然のことで驚きはしましたが……対応をすれば、問題ないと思いますよ」

「それもそうですね」

そう言って、ツェリシナとヒスイは二人で微笑《ほほえ》んだ。

＊＊＊

王城の正面に停《と》まっている馬車にベイセルが乗り込むと、ゆっくりと動き出した。ツェリシナが帰ってくると聞いていたので早く帰宅したかったのだが、思ったよりも遅くなってしまった。

ベイセルは鞄《かばん》から報告書を取り出して、目を通す。

そこに書かれているのは、ツェリシナのことだ。領主代行として何をしているのか、ベイセルは秘密裏に部下をつけて毎日報告させていた。

「大樹が順調に育つとは……驚きだ」

畑が光り輝いたことや、ジャガイモで不思議な料理を作っていたという報告も上がっている。村人たちからも好かれ、上手くやっているようだ。

ベイセルが守らなければいけないと思っていた娘は、想像以上に成長していたらしい。

しかし懸念すべき点もある。

「サルティマール伯爵家の、メリア嬢か……」

なんの前触れもなく、突然やってきたと報告書に書かれている。その後はツェリシナと二人で話をし、帰宅したらしいが……。

「彼女はソラティーク殿下とも親密にしているようだし、ツェリのために私が手を打つか……」

どうしたものかと、ベイセルは思案する。

しかし――ツェリシナは将来、この国の王妃だ。

このような問題は、一人で対処できるようになってもらわなければとも同時に思う。王妃になるとすり寄ってくる人間もいれば、敵対してくる人もいるだろう。

メリアを上手にあしらうことを覚えておくのは、ツェリシナにとっていい勉強にもなるだろうと考えた。

「ひとまず、ツェリが私になんと相談するかで対応を決めるか……」

そしてベイセルは屋敷へ帰宅し、待っていたツェリシナと話をすることになったのだが――。

「……村では蜂蜜《はちみつ》の採取ができるようになっていまして、今日は初めてジャガイモを収穫いたしました。それに伴い、村の名前をツェリンとしました」

「そうか」

ツェリシナはまったく、メリアのメの字すら発言しない。

ベイセルはなるほどそうきたかと、内心では苦笑する。きっと、ツェリシナは報告した結果どうなるかということまで考えたのだろう。

確かに、ベイセルはメリアへの対応をする代わりに、大人しく屋敷で王妃教育を受けなさいと言うかもしれない。

「お父様にお願いがあるんです」

「うん？」

「できるだけ早く、ツェリンを承認していただけませんか？　村で収穫したジャガイモを使って、商売をしたいと考えています」

今のツェリン村には、財源がまったくない。

そのため、早急に各町や村と取引を行えるようにしたいのだ。正直に言って、ツェリシナはメリアに構っていられるほど暇ではないのだ。

ベイセルは娘の主張を聞き、頷いた。

「いいだろう、ツェリの頑張りは私も知っている。明日には領地内の手続きをしておくので、明後日《あさって》からは領地内であれば自由にして構わない」

「！　ありがとうございます、お父様」

ツェリシナがぱぁっと笑顔になったのを見て、ベイセルもつられて目尻《めじり》が下がる。

今までは屋敷に籠《こも》ってばかりで出かけることのなかった娘なので不安だったけれど、領主代行の地位を与えてよかったと思うのだった。

＊＊＊

「はあぁぁぁ、いい天気！　今日は絶好のアースガルズ日和ね！」

早朝に目が覚めたツェリシナは窓を開けて、大きく深呼吸をする。息をはきながら、楽しみすぎて口元がにやけてしまう。

「いけないいけない、こんな顔をヒスイに見られたらドン引きされちゃう」

しかしそれでもにやけてしまうのだ。

ベイセルにツェリンを認めてもらい、今日から作られる地図には新しい村が記載される。各町の主要施設にも通達が行っているため、もう取引することができるのだ。

「ああ、楽しみ！　早く村に行きたいなぁ」

それから侍女のアンナがツェリシナを起こしに来るまで、今日やることを脳内でシミュレーションし続けた。


ツェリン村に着いたツェリシナたちは、さっそく作業をしているレオとオデットに声をかけた。

この二人には、今日やってもらいたいことをヒスイから伝えてもらっていたのだ。

「ツェリシナ様、ヒスイ様、おはようございます」

「おはようございます」

ツェリシナたちも挨拶《あいさつ》を返し、二人の様子を見る。

すると、すでに山ほどのジャガイモがあった。全部綺麗《きれい》に洗ってあり、二人が朝から頑張ってくれたことがよくわかる。

「ありがとうございます、二人とも」

『わふっ！』

ツェリシナがお礼を言うと、横にいたトーイも嬉しそうに吠《ほ》えた。「いい子ね」と撫でながらもふもふを堪能《たんのう》すると、『くぅ～ん』と切なげな声で鳴く。

「トーイ？」

もしかしてもふもふしたのが嫌だったのだろうかと、ツェリシナは慌てて離れる。しかし、「違いますよ」とヒスイが笑う。

「ジャガイモが食べたいみたいです」

「え？　トーイは、ジャガイモを食べるのですか？」

餌《えさ》はしっかりあげていたので、収穫したものをトーイにあげようとは思っていなかった。けれど、よくよく考えればトーイはこの村の神獣だ。収穫したものを食べてもらうことに、なんら不思議はない。

（でも、食べられないものはないのかな？　犬はネギとかチョコが駄目――って、トーイは犬じゃないからいいのか）

神獣様なので、普通の犬より数倍すごい……というよりも、天と地ほどの差があるだろう。

「レオさん、トーイにジャガイモをあげてもらっていいですか？」

「もちろんです」

洗いたてのジャガイモをレオが手に取ってトーイにあげると、嬉しそうに食べ始めた。それと同時に、ツェリシナはハッとする。

（そうだ、神獣に収穫したものを捧《ささ》げるとスキルが得られるんだった！）

さすがに今システム起動はできないけれど、神獣の強さがアップするというものだ。村に来た害獣を倒す際など、重宝する。

とはいえ、そんな機会はそうそうないだろうけれど。

トーイにジャガイモをあげ終えたら、さっそく出発だ。

「今日は、ハルミルの町で屋台をやりましょう。それが、この村の初めての収入になります」

「はいっ！」

レオとオデットは気合十分のようで、自分たちで商売をできることがとても嬉しいようだ。ツェリシナたちはさっそく、ハルミルの町へ向かった。


ハルミルの町にある市場では、屋台のレンタルをすることができる。

この世界の通貨は『ルズ』といい、貨幣価値は日本と同じ程度だと考えていい。ただ、紙幣はなく硬貨だけが使われている。

三〇〇〇ルズで屋台を一日レンタルでき、魔導コンロも一つだけなら設置されている。二つ以上使う場合は、別料金が発生する仕組みだ。

今回はコンロ一つで十分なので、料金を支払って市場に屋台を借りた。

「トーイはお店のマスコットみたいですね。お客さんをたくさん呼んでくださいね」

『わうわうっ！』

『わふー』

お店の前で凛々《りり》しい顔をしてみせたトーイに、ツェリシナはくすりと笑う。そしてすぐに、準備に取り掛かる。

今日、屋台で販売するものは『ポテトチップス』だ。

「レオさん、調理方法は覚えていますか？」

「もちろんです！　あんなに美味《おい》しくて簡単な料理、忘れたくても忘れられないっす！」

「頼もしいですね」

レオが調理メイン、ヒスイがその補佐を行う。オデットが販売を行い、ツェリシナはその補佐を行うという役割になっている。

まずは下準備として、ヒスイとレオが大量にジャガイモを薄切りにしていく。その間に、ツェリシナたちはポテトチップスと書いた看板を屋台の前に置いた。

ちなみに、袋に入れて一袋二〇〇ルズと価格設定をした。日本のポテトチップスと、同じくらいの量が入っている。

ジャガイモをスライスすると、今度は揚げの工程に入る。できあがったものは油を切るため一度器に移し、冷ましてから袋に入れていく。

ある程度の数ができたのを確認して、販売開始だ。

「いらっしゃいませ、『ツェリン村のポテトチップス』はいかがですかー？」

『わうわうっ！』

オデットが声を張りあげると、トーイもそれを手伝うように吠える。その声に、道行く人たちの視線が集まった。

……のだが、物事はそう簡単にはいかない。

「なんだ、新しい屋台か？」

「というか、ツェリンなんて名前の村……あったか？　他領？」

「ポテトチップスっていうのも、初めて聞くな」

まったく聞きなれない『ツェリン村』と『ポテトチップス』に、気にはしつつも誰も寄ってこようとはしないのだ。

オデットは「困りましたね」と眉《まゆ》を下げ、もう一度声をあげた。

「……あ、ツェリンってあれじゃないか？　何もない二地区にできたっていう、新しい村」

「あーあー、そういえばそんなお知らせが役所に出てたのを見たな」

男性二人が知っていたようで、屋台を見てくれた。

「わっ、私たちの村を知ってる人がいましたよ！　ツェリシナ様！　すごいです、嬉《うれ》しい……」

自分たちが暮らす場所を認めてもらえたことに感動したオデットは、じんわり涙を浮かべている。

すぐに服の袖《そで》で拭《ぬぐ》って、笑顔で話していた男性へ声をかけた。

「ツェリン村の名物ですよ、ぜひ食べてみてください！」

「……その薄っぺらいものを？」

「腹には溜《た》まらなそうだなぁ……」

オデットがお勧めしてみるのだが、あまり食欲をそそられてはくれないようだ。

確かに満腹を目指すのは厳しいかもしれないが、あくまでおやつの役割として、食べてほしい。

（あ、そうだ）

「よかったら、一枚ずつ味見をしてみてください。食べたから買ってくれ、なんてことは言いませんから」

そう言って、ツェリシナは二人にポテトチップスを勧めてみた。

「まあ、それなら――って」

「え、もしかして貴族？」

男性二人は小綺麗《こぎれい》で物腰の柔らかなツェリシナを見て、その身分を見破った。

それなら、新しくできた村に関《かか》わっている貴族だろうということもわかる。加えていえば、ツェリシナの容姿はとても目立つ。

透き通るような白銀の髪は、毎日しっかり手入れをされている証《あかし》だ。加えて、その髪色はとても珍しい。

それはきっと、神に見放された悪役令嬢というキャッチコピーに合わせるためのキャラデザだったのだろう。

「……ってことは、もしかして『加護なし』の？」

「おま、ばか！　本人を目の前にして何言ってるんだ！　不敬罪で捕まるぞ‼」

「…………」

やはり、自分が加護なしということはしっかり知られていたようだ。

（私は店先に出ない方がいいかなぁ）

後ろで雑用をしていた方がいいかもしれない。

そう考えていたら、オデットが男二人に「失礼です！」と怒りの表情を向けた。

「ツェリシナ様は、私たちの村を認めてくださいました。こうして、職まで与えてくれた素晴らしい方です。それに、加護の有無が関係ありますか？」

「あ、いや……」

「ないですよね？　ツェリシナ様は、その日を暮らすのさえ精一杯だった私たちに優しく手を差し伸べてくれたんです！」

だからそんなことは、二度と口にしないでくださいとオデットが涙声で告げた。本当にツェリシナに感謝し、大好きなのだという気持ちが伝わってくる。

それには、ツェリシナも泣きそうになってしまう。

（突然やってきた領主代行の私……助けられたのは、むしろこっちなのに）

「ありがとうございます、オデットさん。わたくしのことを、庇《かば》ってくださって……」

「いえ。私も、カッとなってしまって……ごめんなさい。市場で、こんなこと」

――そう。

市場という場所柄もあって、今のやり取りは大変目立ったのだ。歩いていた人たちが足を止めて、野次馬のようにこちらを見ている。

男性二人はばつが悪くなってしまったようで、俯《うつむ》いた——と思ったのだが、そのまま腰を折って頭を下げた。

「申し訳ございませんでした、俺、私が……酷《ひど》いことを」

「私も、申し訳ありませんでした」

大声で謝罪をした二人に、ツェリシナは逆に慌ててしまう。けれど、貴族として謝罪は受け入れなければいけないだろう。

でなければ、二人は貴族に許されなかったと思ってしまうからだ。

「謝罪を受け入れます。わたくしは気にしていませんから、あまり考え込まないでくださいね」

「ツェリシナ様……ありがとうございます」

「まるで女神様です……」

祈るような男性二人に、「大袈裟《おおげさ》ですよ」とツェリシナは苦笑する。そして屋台の方を向いて、ヒスイに助けを求める。

「ツェリ様は美しいですから、女神という気持ちもわかります」

「ヒスイ、そんなフォローは頼んでいません……」

「……まあ、せっかくなので二人にはポテトチップスの美味しさを広めてもらいましょう」

そう言って、ヒスイは手にしていたポテトチップスを男性二人の口へ問答無用で入れてしまった。なんて早業だと、止める間もなかったツェリシナとオデットは思う。

パリッ。

ポテトチップスを食べた男性二人は、大きく目を見開いて周囲を見回した。そして顔を見合わせながら、なんとも言えない表情――だったが、一瞬で笑顔になった。

「うめえええぇっ！」

「なんだこれ、食感がめちゃくちゃいい！　買います！　ください‼」

「はい、ありがとうございます」

ヒスイはすぐに購入宣言をした男性から二〇〇ルズをもらい、ポテトチップスの袋を渡した。男性二人はすぐさまポテトチップスに手を伸ばして、幸せそうな表情で食べてくれている。

一時はどうなることかと思ったが、大きな問題にならずよかったとツェリシナたちはほっとする。

「ツェリ様、これから忙しくなりますよ」

ヒスイの声を合図にするように、周りで見ていた野次馬たちが一斉にやってきてあっという間に長蛇の列ができてしまった。

「そのポテトチップスをください！」

「こっちは二つ！」

「は、はい！　ありがとうございます！」

オデットは急いで会計をし、レオは急ピッチでポテトチップスを作っていく。ヒスイが列の整理をして、ツェリシナはあまり目立たないようにレオとオデットの補助をすることにした。

✦ツェリシナ・リンクラート✦

所有大樹:Lv.3
守護神獣:トーイ
所有領地:アルバラード王国リンクラート領第二地区
領民:15人

大樹スキル

	豊穣の加護	Lv.2	:大樹の半径150メートルの作物がよく育ち、土の品質アップ
	甘い蜜	Lv.2	:大樹が甘い蜜を発し、蝶々・蜂を惹きつける
	領地命名		:収穫量がアップ
NEW!	**神獣の守りし村**		:神獣の強さがアップ
NEW!	**領地の名物**		:領地の知名度が上がる

買い求めた人はすぐに食べて、パリッといい音をさせながら幸せそうな表情になっていった。どうやら、ハルミルの町でもポテトチップスは受け入れられたようだ。

それからジャガイモがなくなるまで、ポテトチップスを売り続けたのだった。

ツェリシナはといえば、少しだけもらえた休憩でバッチリシステムの確認を行った。

トーイに収穫したものをあげたので、強さアップのスキル。

領地で収穫したもので商売をすると得られるスキルも無事にゲットすることができて、ツェリンク村は好調なスタートを迎えることができた。

閑話　革命が起きた日　――ニコラス・ピコット

私は、ハルミルの町で暮らす商人だ。普段は忙しい毎日に追われているのだが、今日はたまたま休みを取ることができた。

家でごろごろしているのもいいが、どうしても商人という職業柄か外に出ないと落ち着かない。だから今日は、掘り出し物でもないかと市場を歩いてみることにした。


「なんだこれは……歴史が変わるぞ！」


市場へ出向くというのは今までの人生の中で一番いい判断だったようだ。

私の手の中にあるのは薄いジャガイモで、名前をポテトチップスというらしい。今までこんなサクサクしたものは食べたことがない。

まず口の中へ入れると、硬い……というのが最初の感想だ。しかし噛《か》んでみるとどうだろうか、薄いジャガイモはあっという間に真っ二つになる。

そして次に来るのは、パリパリした歯ごたえと、塩の振られたジャガイモのうま味だ。ぎゅっと濃縮されていて、塩だけで充分美味しく食べることができる。

「いったいどこの料理なんだ、これは……！」

いそいで購入した屋台へ行き、販売員の女性へ話しかける。

「このポテトチップスというのは、いったいどこの料理なんですか？　他国へ足を運んだこともあるが、こんな料理は見たことがない！」

ぜひご教示願いたいと力説するが、販売員は困ったように眉を下げた。

……むうう。確かにこんな貴重なものを、そう簡単に教えてもらえるはずもないか。レシピを買い取るか、それともほかに条件があるだろうか。

私が悩んでいると、販売員は「申し訳ないのですが……」と返事をしてくれた。

「知らないんです、私たちも」

「何？」

「私たちも教えてもらって、その通り作っているだけなので……。もしどこの料理か気になるのであれば、ツェリシナ様に聞いておきますが」

すんなり内情を喋《しゃべ》られてしまい、逆にこちらが困惑する。どうやら、商売には慣れていない様子。

それに、ツェリシナ様という名前には聞き覚えがある。表に姿を全く見せていなかった、加護のない令嬢ということは有名だ。そんな人が表に出てきているとなると、国の上の方でも何か動きがあるのかもしれない。

人を使って、早々に情報を集めた方がよさそうだ。

「いえ！　さすがにそこまでしていただくのは申し訳ないので、またご縁があったときにでも声をかけさせていただきます。ポテトチップス、とても美味《おい》しかったとお伝えください」

「はい、もちろんです。ありがとうございました」

販売員と挨拶《あいさつ》をしてから屋台を離れ、すぐに市場から自分の店へ移動する。ポテトチップスを発見したせいで、これからやらなければならないことが増えた！

「すごい、我が商会でこの商品を扱えたら……！」

想像しただけでも、興奮が止まらなくなる。

今はハルミルの町を拠点とし、王都と複数の領地に支店を持っている。だが、これを扱うことができたら……他国へ支店を広げることだって夢ではないだろう！

私の代でここまで発展しただけでも立派だが、もっともっと成長することができそうだ！

これから起きるだろう大きな商談を予想して、私は年甲斐《としがい》もなくわくわくしてしまった。

7　大樹に咲いた運命の花

順調にツェリン村を運営して三ヶ月が経ち、ジャガイモの収穫数は一〇〇〇を超え【豊穣の加護】レベルも3になった。

しかしここにきて、ソラティークから連絡がきた。どうやら、村にばかりかかりきりでソラティークの相手をまったくしていなかったのが問題だったようだ。

（ヒロインと仲良くデートでもしてるのかと思ったんだけど……）

そうではなかったのだろうか。

というわけで、今日は王都にある別邸の自室にいる。これからソラティークがやってくるので、二人でお茶でもしながら過ごすのだ。

ポテトチップスの屋台がとても順調で、最近では村に収入もある。それで必要な生活用品や作物の苗や肥料を購入できるようになった。

そのため、毎日でもツェリン村に行きたい。そして自分の大樹に水をあげたい。

「今は成長して、私の腰くらいの高さにまでなったんだよね～」

加護のない私がよくぞ！　と、自分を褒めまくってあげたいくらいだ。きっとこれも、ゲームシステムを使って順調にレベルを上げているからだろう。

このまま成長すれば、半年以内に花が咲くのも夢ではないかもしれない。加護なし令嬢でも、ここまで大樹を育てることができるのだ。

——コンコン。

ノックの音とともに、「ツェリ様」というヒスイの声。どうやら、訪ねてきたソラティークを案内してくれたようだ。

「どうぞ」

入室を促すと、入ってきたのはソラティーク一人。どうやら、ヒスイは下がらせたようだ。

(ソラティーク様、ヒスイの心証よくなかったもんねぇ……)

ツェリシナは優しく微笑《ほほえ》んでソラティークをソファに促したのだが、首を横に振られてしまった。

どうやら座るつもりはないようだ。

「ソラティーク様……？」

なぜ？　と、ツェリシナは困った表情でソラティークを見る。どうしたものかと考えていたら、ソラティークから「出かけるぞ」と手を差し出された。

「え？　……ええと、わかりました」

どうやら、今日はどこか行く場所があるようだ。

エントランスに行くとすでに馬車が用意されていて、御者とその隣にはヒスイも座っていた。

(あ、一緒に出かけるから部屋には入ってこなかったのね)

とりあえずどこへ行くかわからぬまま、ツェリシナはソラティークとともに馬車へ乗り込んだ。

ゆっくり馬車が動き出したのを合図にするように、ソラティークから笑顔が消えた。それを見た瞬間、ツェリシナは思わず息を呑《の》んだ。

「……ツェリ」

「は、はいっ」

ただならぬ雰囲気になって、ツェリシナは自然と姿勢を正す。

「ツェリの村に、メリア嬢が遊びに行ったそうだな？　私もまだ行ったことがないのに」

「……！」

（あれは勝手に来たんです～！）

と、声を大にして叫びたい。……が、わざわざメリアの失態とも言える非常識な部分をソラティークに伝える必要はない。

ツェリシナは一言だけ謝罪を口にしてから、改めて村のことを話す。

「以前にも言いましたが、まだソラティーク様にお見せできる状態ではないのです。ご不快な思いをさせてしまったらと考えると、どうしてもお誘いすることが難しくて」

「……私たちは夫婦になるんだぞ？　そんな小さなことは、気にしなくていい。ツェリが頑張っているることを知っているのに、私が不快になるわけないだろう」

「ソラティーク様……」

その優しい言葉に、ツェリシナは困ったように微笑む。

仕方ない。本当にまだ、何もないのだ。お店も宿もなく、村人一四人が暮らしている家と倉庫くらいしかないのだから。

「というわけで、今からツェリン村へ行くぞ」

「い、今からですか……？」

「そうだ。ああ、侯爵からは許可を得ているから問題ない」

「……わかりました」

いつの間にか、ベイセルにまで話を通されていたようだ。これでは村を案内するしかないと、ツェリシナは腹を括《くく》る。

このまま二人でしばらく馬車の中ならと、ツェリシナはソラティークにメリアのよさでも伝えようかなと考えた。もしそれで二人の距離が縮まれば、こちらとしても嬉《うれ》しい。

「ソラティーク様、メリア様はとても頼りになる方ですね」

「ん？　どうしたんだ、突然。何かあったのか？」

メリアを褒めただけなのに、なぜか怪訝《けげん》そうな表情を向けられてしまった。おかしいと首を傾《かし》げつつも、ツェリシナは話を続ける。

「いえ、そういうわけではないのですが……とても行動力があって、純粋な方だなと思ったんです。わたくしは屋敷からあまり出ることがなかったので、憧《あこが》れに近いものがあるのかもしれませんね」

（本当はまったく憧れなんてないけど……）

ソラティークとメリアをくっつけるための一環として、彼女のことをよいしょよいしょと持ち上げていく。

それを聞いたソラティークは、思わずぷっと噴き出した。

「ツェリがそれを言うのか？　領主代行なんて、メリア嬢の比じゃないくらいに行動的だと私は思うが？」

「………」

確かにその通りだったと、ツェリシナは項垂《うなだ》れる。こうなると、メリアがツェリシナに勝る部分といえば純粋という一点のみだろうか。

ただ、残念ながらその純粋さには無意識の悪意がある。

（だって、豊穣神フレイの加護があるから一緒に大樹を育ててあげる！　……だもんねぇ）

失礼この上ない。

ソラティークのメリア好感度を上げようと思い出していたのに、まさかのツェリシナに大打撃だ。

「……これからは、メリア嬢以上に様々な経験をしたらいい。こうやって屋敷の外へ出ることはもちろんだが、大樹を育てたり、それこそ他国へ旅行に行ってみるのもいいかもしれないな」

「ソラティーク様……。わたくしはまだ、未経験のものがたくさんありますね。それを今後できると考えたら……とてもわくわくします」

「だろう？　もちろん、そのときツェリシナの隣にいるのは私だ。二人でいろいろなものを見て、感じ、この国をよりよくしていこう」

暗に婚約は破棄するから自由にしてよし！　そう言われたのかと思ったが、出かけるときはソラティークも一緒だと宣言をされてしまった。

ゴトゴト馬車に揺られながら、窓の外の景色を眺める。のどかな風景は心を落ち着かせてくれるけれど、いかんせんここが乙女ゲームの世界だと考えるとゆっくりしている場合でもない。

それを察したからか、ツェリシナの脳内に音が響く。

《ピロン！　大樹レベルが4になりました》

「――っ」

思わず声を出さなかった自分を褒めてあげたいと、ツェリシナは小さく息をはく。

（唐突すぎて心臓に悪い……）

そしてレベル4にアップする条件はなんだったかと思い出す。確か、村に観光客が来るというものだったろうか。

（…………観光客⁉）

頭の中で反芻《はんすう》して、その事実を噛《か》みしめる。人が来ないような村だったのに、ついにほかの村か町から人がやってきてくれたということだ。

それだけで、顔がにやけそうになってしまう。

（いけないいけない、ソラティーク様の前なのに！）

冷静でいようとしていると、ツェリシナの様子を訝《いぶか》しんだソラティークが首を傾げる。

「どうかしたのか？　ツェリ」

「いいえ。少し遠くに、小さな動物が見えた気がしたのですが……どうやら岩だったみたいです」

はやとちりしてしまいましたと苦笑すると、ソラティークが笑う。

「こうやって二人で外へ出かけるのも、いいものだろう？」

「はい」

ツェリシナも微笑んで頷《うなず》く。

その後は雑談をしながら過ごし、お昼過ぎぐらいにツェリン村へ到着した。

今日はソラティークの馬車なので、いつもより豪華だ。村人たちも驚いて、普段だったら挨拶をしにくるのだが今日は誰一人として近づいてこない。

何事かと警戒し、遠くから様子を窺《うかが》っているのだろう。

ヒスイが馬車のドアを開けると、先にソラティークが降りてツェリシナをエスコートする。

「ここがツェリの村か。小さいが、活気がありそうでいいな」

「ありがとうございます、ソラティーク様。みんな、村のために頑張ってくれているんですよ」

村はまだ狭いので、案内するところといえば大樹とその横にあるジャガイモ畑くらいだろうか。

ツェリシナがソラティークとともに大樹へ向かうと、アントンと見慣れない男性の姿が目についた。どうやら、村の外から来た人のようだ。

（あの人が観光客……ってことね？）

きちんとアントンが対応してくれていることに、ツェリシナはほっとした。ひとまず、任せても問題はなさそうだ。

「あれがツェリの大樹か。ちゃんと成長して、葉がついている。まだ小さいが、力強くてとても立派だ」

「ソラティーク様……ありがとうございます」

大樹を褒めてもらい、ツェリシナは嬉しくなる。

「とても嬉しいんです。加護なしのわたくしが、こうやって大樹とともに居られることが」

「ああ。ツェリは私の自慢の婚約者だ」

そう言うと、ソラティークはツェリシナの手を取ってその甲へ優しく口づける。

「……っ！」

「さあ、大樹を近くで見せてくれ」

「はい」

ツェリシナがソラティークを連れて大樹の下へ行くと、アントンと客人が深く礼をした。ソラティークの身分を判断したのだろう、そのまま一歩下がった。

「ソラティーク様。先に紹介をさせてください。ここ、ツェリン村の村長のアントンです」

「そうか。私はツェリの婚約者の、ソラティーク・リリ・アルバラードという。日に日にいい村になっていっていると聞いている。これからも精進し、ツェリの助けになってくれると嬉しい」

「村長のアントンと申します。精一杯、務めさせていただきます」

簡単な挨拶《あいさつ》を終え、ソラティークはさっそく大樹を見た。しゃがんで葉に触れて、嬉しそうにしている。

これなら、少しくらいこのままでも大丈夫そうだ。

ツェリシナはアントンに視線を向けて、一緒にいる男性を見る。すると、すぐにアントンが紹介をしてくれた。

「この方は、ハルミルの町で商人をされている方です。今回、この村にピコット商会の支店を置きたいというお話でして……」

「支店をですか？」

思っていた以上に、大きな話になっているようだ。

男性はうやうやしく腰を折り、挨拶をした。

「私はピコット商会のニコラスと申します。ツェリシナ様にお会いできまして光栄でございます」

ニコラスはハルミルの町でポテトチップスを食べた一人で、これは商売になると確信していち早くこの村へやってきたようだ。

（ピコット商会って、ハルミルでも大きな商会だよね。支店を出してもらえるのは、すごくこの村にとってプラスになる！）

まずお店ができることはもちろんだが、勤めるために人材もこの村へ来るだろう。そうなると、必然的に住民が増える。

そうすると、大樹のレベルアップの条件を満たすことができるのだ。

「ポテトチップスを気に入ってくださったのですね。ありがとうございます、ニコラスさん。ピコット商会はわたくしも存じていますので、後の判断はアントンにお任せしますね」

「ご存じだったなんて、感激です。では、続きはアントンさんとお話しさせていただきますね」

「ええ。お願いしますね、アントン」

「お任せくださいですじゃ、ツェリシナ様」

二人はアントンの家で支店に関しての話をするようで、大樹を後にした。

「てっきりツェリも話を聞くかと思ったが、そうじゃないのか」

大樹を見終わったらしいソラティークが、ツェリシナの横へ来た。

「今後、わたくしがすべてのことに関《かか》われる訳ではありません。ですから、任せられることはどんどん村の方にお願いしていく予定です」

「そうか。リンクラート家が上にいるのだから、何かするようなことはないだろう。ツェリの婚約者が私だということも知っているだろうからな」

村にとっていい条件を提示してくれるだろうと、ソラティークがツェリシナを安心させるように言った。

「はい。これから、どんどん村を大きくして――」

「ソラティーク様、ツェリシナ様～！」

「え……っ？」

ツェリシナとソラティークが話をしていると、高めの可愛らしい声が耳に入った。振り返ると、とても嬉しそうにしているメリアが手を振っていた。

（……はい？）

ついこの間、訪問する際はきちんと連絡しなければならない……ということを、教えたばかりだというのに……何をしているのか。

どういうことだとため息をつきたいのを、ツェリシナはぐっと堪《こら》える。

表向きは笑顔で、メリアを迎え入れるために声をかけようとしたのだが――それより先にソラティークが口を開いた。

「ツェリ、今日はメリア嬢と何か約束をしていたのか？」

「……いいえ」

「そうか」

ソラティークは目を細め、突然やってきたメリアを見る。

せっかくツェリシナと二人でいたのに、どうしていきなりやってきたのかとため息をつく。

今日はソラティークがツェリシナと約束をしているのだから、メリアと約束があるわけがないのだ。常識的に考えて。

なので何の連絡もなくやってきたのだということはソラティークにもわかったのだが、念のためツェリシナに確認をとった。

「まさか、ここでメリア嬢にお会いするとは思わなかった」

「実はソラティーク様に会いに王城へ行ってみたのですが、出かけているという話をメイドに聞きまして……急いでツェリシナ様に今から伺いますとお手紙を書いて出てきたのです！」

「…………」

メリアが胸を張って、ちゃんとマナーを守りましたと誇らしそうにしている。

（その手紙って、私たちが屋敷を出た後に屋敷に届けた……ってことだよね？）

読んでるわけがないじゃないかと、ツェリシナは心の中で盛大にため息をつく。

屋敷に戻ったら、侍女から手紙がきてますと言われて初めて封を開けることになるのだろう。

「そんな意味をなさない手紙を出したのか？」

ソラティークは不機嫌そうに言って、呆《あき》れたようにため息をついた。

「あ……その、わたくしもソラティーク様とツェリシナ様と仲良くなりたくて。突然すぎました、よね？　ごめんなさい……」

そう言って、メリアは頭を下げ謝罪の言葉を口にした。

泣きそうに表情を歪《ゆが》めていて、その姿はまるで悪役令嬢にいじめられているヒロインそのものだ。

ツェリシナはどうしたものかと考える。

謝罪をされたのであれば、ひとまずそれを受け入れた方がいいだろう。でなければ、伯爵家の令嬢の謝罪も受け入れられないのか……なんて噂《うわさ》されてしまうかもしれない。

（ああ、面倒……）

そうツェリシナが思ってしまったのも、きっと仕方がないのだろう。

しかしそんな内心は一切表に見せず、ツェリシナはメリアに優しく微笑《ほほえ》みかける。

「お気になさらないでください、メリア様。誰しも最初は失敗や間違いが多いものです。次に気をつけていただければいいと思います」

「ツェリシナ様……ありがとうございます！」

メリアはぱっと表情を輝かせて、ツェリシナとソラティークに笑顔を見せる。

「……ツェリがそう言うのであれば、今回は不問にしよう。けれどメリア嬢、突然の訪問というのは、相手側にとても迷惑のかかるものだ。親しい間柄でもないのだから、私やツェリに会いたい場合は事前に手紙を送るのがマナーだろう？」

暗に、自分に会いたいからといって突然登城されても……とソラティークは告げる。

貴族であれば王城への出入りは余程のことがない限り制限されない。仕事などで訪れることはもちろんだが、中には自由に使える図書館などがある。

ただ、王族の住まいを含めて立ち入りが厳しく制限されている場所も存在する。メリアは、自由区域へ行き偶然ソラティークが通りかかった際に声をかけたりしているようだ。

「ソラティーク様……ごめんなさい。わたくし……」

「以後、気をつけるように」

「……はい」

しゅんと体を小さくして、メリアは再度謝罪を口にした。

そして何を思ったのか、周囲をきょろりと見回した。すぐ前にソラティークとツェリシナがいるというのに、その行為はあまりマナーがいいとは言えない。

ツェリン村はメリアが以前来たときより少しだけ発展しているので、もしかしたらそれが気になっているのかもしれない。

たくさん実っているジャガイモも、蜂蜜《はちみつ》も、胸を張って自慢することができる。

そして何より、日々少しずつ成長している大樹！

加護なしでもここまで育てることができるのだと、見るたびに嬉《うれ》しくなる。

「わたくし、ご迷惑をおかけしたお詫《わ》びをしたいと思います」

叫ぶように、メリアが熱いまなざしをこちらに向けてきた。まさかそんなことを言われるとは思っていなかったので、戸惑う。

（お詫びの仕方……知ってるのかな？）

また突拍子もないことをしでかすのではないかと、ツェリシナは気が気ではない。お願いだから、大人しくしていてくれと祈る。

でなければ、ソラティークからの心証が悪くなってしまうだろう。そうすれば、二人は結ばれずバッドエンド。ツェリシナは処刑だ。

(それは絶対に回避しなきゃ駄目なやつ‼)

「メリア様、お気遣いありがとうございます。ですが、あまり気になさらないでください」

「いいえ、わたくしにお任せください！」

「……？」

メリアは手をぐっと握りしめて、満面の笑みを浮かべる。何を考えたのか、そのまま大樹へ向かってその葉に触れた。

「メリア様⁉　何をなさるのですか……っ！」

(ちょ、私の大樹に勝手に触らないでえぇぇぇぇ)

表面上は取り繕いつつも、内心では大絶叫だ。

加護のないツェリシナがやっと手に入れた、自分だけの大樹。メリアはそれを奪おうとでもいうのか。

「わたくしには豊穣《ほうじょう》の神フレイの加護がありますから、ツェリシナ様の大樹の成長を願わせていただきます！」

「……っ！」

メリアは手を組んで祈りのポーズをとって、ポケットから取り出した水を大樹に振りかけた。

すると、大樹が揺れて、にょきっと葉の間から蕾《つぼみ》ができて――あっという間に、一輪の黒い花が咲いた。

豊穣神フレイの加護が、大樹の成長を促したのだろう。なんとも強制的なその力に、ツェリシナは自分の努力すべてを踏みにじられたのだと思った。

漆黒の花弁は光沢がなく、まるで闇から生まれ落ちたかのような印象を与えた。

「わたくしの大樹が……」

「大樹に黒い花が咲いたところなんて、初めて見たぞ……」

ツェリシナが震え、ソラティークはありえないと首を振る。

王太子であるソラティークは、各領地の大樹を始め、他国の大樹を目にしたこともあるのだ。その中で見たどの大樹も、暖色系の花が咲いていたからひどく驚いたのだろう。

黒い花なんて今まで一度も聞いたことがないし、王族と領主のみに閲覧を許可されている大樹の記録書にもそのような記載はないのだ。

大樹はいったい何を受けて、黒い花を咲かせたのか——。

メリアはといえば、こんなことになると思っていなかったのだろう、どうすればいいかわからず泣きそうな表情でこちらを見た。

しかしどうすればいいかわからないのは、ツェリシナもソラティークも同じだ。

(なんで、私の大樹を……)

この場で泣き喚《わめ》いて、メリアを責め立てたい衝動に駆られる。けれど侯爵家の令嬢が、そんなみっともないことをするわけにはいけない。

だったらいっそ泣き崩れてしまおうか?　ツェリシナがそんな自虐めいたことを思ったとき、

「ツェリ様！」と自分を呼ぶヒスイの声が耳に届いた。

「はやく、大樹の下へ行ってください！　花に触れて‼」

「え？　え、ええ……っ！」

反射的にヒスイの言葉に従って、必死に走り大樹へ向かって手を伸ばす。そしてツェリシナの指が大樹に触れた瞬間、その左目が淡く光った。

瞬間、左目が熱を持つ。痛くはないが、ただ熱さだけをツェリシナは感じる。

「わたくしの、大樹……っ」

咲いた黒色の花に触れてみると、突然、選択肢が見えた。

▽どちらの運命を選びますか？
　このまま黒い花の咲いた、負の大樹となること。

　白い花を咲かせ、ツェリシナの大樹となること。


「――っ！」

思わず、ひゅっと息を呑《の》んだ。

どうしてこんなものが見えるの？　そして、なぜ自分が選ぶ権利を持つのかという疑問が脳裏に浮かぶ。

――いや、違う。

選ぶ、とか。そんな生易しいものではない。

だってもう、大樹には黒い花が咲いてしまっているのだから。その花を白にする？　それはもう、植物の法則そのものを変えるようなものなんじゃないだろうか。

（どうしよう、手が……震える）

選ぶ選択肢なんて決まりきっているのに、怖くて決断することができない。ああ、どうしたらいいのだろう。

近くでヒスイとソラティークの声がするが、なんて言っているかまではツェリシナに届いてこない。

『わふっ！』

「……トーイ」

気づけばトーイが大樹を挟んで眼前にいて、じっとこちらを見ていた。

自分が守るから大丈夫だと、その瞳《ひとみ》が語りかけてくれているようだ。それもそのはず、トーイはツェリン村の守護神獣なのだから。

そして同時に、気持ちが落ち着いてソラティークの声が耳に届く。

「ツェリ、しっかりしろ」

「ソラティーク様……」

ふいに振り向くと、ソラティークと目があった。

「っ、ツェリ、左目が……それに、色も……」

ソラティークが普段から見ていたツェリシナの左目に、初めて印が見えた。そして、ローズピンクの瞳はベビーピンクに色を変え、よりツェリシナを神秘的に見せている。おそらくなんらかの加護なのだろうが、ソラティークは同じ印を見たことがない。

ヒスイがツェリシナの隣にしゃがみ、優しく微笑んだ。

「ツェリ様なら大丈夫ですよ」

「ヒスイ……」

ごくりと唾《つば》を飲んで、ツェリシナは左目に見える選択肢を選ぶ。


このまま黒い花の咲いた、負の大樹となること。
▼白い花を咲かせ、ツェリシナの大樹となること。

「——大樹の『運命』を、わたくしの白い花に」


ツェリシナがそう宣言すると、ふわりと、一陣の風が吹いてツェリシナの髪が舞う。そしてはらりと黒い花びらが地面に落ちた。

入れ替わるように、新しい白い花が一輪咲く。

「……っあ、花……が」

白い花はキラキラ輝いて、やがてその光は落ち着いた。

先ほどの黒色はもう、見る影もない。ツェリシナの白銀の髪を思わせるような、とても美しい花が咲いている。

幾重にも重なった花びらはまるでドレスのようで、上品さが窺《うかが》える。まさに、侯爵令嬢であるツ

エリシナに相応《ふさわ》しい。

大樹の花を見たツェリシナの瞳からは、ぽろぽろと涙が溢《あふ》れる。

「これほど美しい大樹の花は、初めて見た。ツェリみたいだ」

「ソラティーク様……」

ツェリシナの涙を指先で拭《ぬぐ》って、ソラティークが優しく抱き寄せてくれた。言葉数を少なくし、落ち着くのを待ってくれていることがわかる。

しかしその空気を読めない人物が、一人。

「わたくしの花が、白に……っ！」

声をあげたメリアに視線を向けて、そういえばいたのだったと思い出す。今しがた起きた神秘的な光景で、誰もがメリアがいたということを忘れていた。

そして地面に視線を移すと、散った黒い花が目に入る。

（……この花はどうすればいいんだろう）

大樹から咲いたものだし、一応は拾っておいた方がいいのだろうか？　そう思い、ツェリシナはひとまずポケットへとしまっておく。

ツェリシナはソラティークに支えてもらいながら立ち上がり、メリアの前へ行く。さすがに今回のことは、うやむやにできない。

「メリア様」

「は、はい……」

「わたくしは以前、大樹のお世話をしたいというお話はお断りさせていただきました。そのことを、忘れてしまわれたのですか？」

しかも今回は、一言の断りすらなかった。

ツェリシナが怒りをあらわにするのも、当然だ。

けれど、彼女とソラティークが結ばれなければ……バッドエンドになってツェリシナに待つのは死という運命だけだ。

（でも、彼女とソラティーク様が結ばれたら死なないけど……国が滅びそう）

それだったら、自分が死ぬのとそう変わらないんじゃ……と、気が遠くなる。自分の命を取るのか、この国を取るのか？

そう問いかけられたら、どっちを選べばいいのだろう。

（って、馬鹿なことを考えちゃったわね）

「わたくし……お詫びに大樹の成長を助けようとしたんです。豊穣神フレイ様のご加護で、一気に成長すると思って……そうすれば、ソラティーク様にも喜んでいただけると……」

――つまり、メリアの主張はこうだ。

ソラティークのことが好きで、どうにか彼に認めてもらいたい。そのためには、自分が有益であるというところを見せなければいけない。

それで手っ取り早かったのが、他人《ツェリシナ》の大樹を成長させ、自分の加護のすごさを見せつけるということだ。

「大樹が育てばツェリシナ様も嬉《うれ》しいですし、わたくしも加護を実感することができるので……互いに、とてもいいことだと思ったのです」

あくまでも好意で行ったというメリアに、逆に悪意があるよりも厄介だなと苦笑する。さすがにこの件に関しては、メリアの父である伯爵に連絡を入れた方がいいだろう。

そして願わくは、ちゃんとした令嬢教育をしてほしい。


もしそれでも改善しないようならば、いっそ——


（って、何を考えてるの私‼）

死にたくないからハッピーエンドにすると決めたじゃないかと、心の中で自分の考えを改める。

表面上は笑顔を作り、ツェリシナは「そうでしたか」と言葉を返す。

「ですが、貴族の礼というのはそう簡単なものではありません。まずは伯爵であるお父様にご相談されてみるのがいいと思いますよ、メリア様」

「え、お父様にですか？　ですが、お友達同士のことなのに……お父様の手を煩わせてしまうほどのことではないでしょう？」

「…………」

王太子の手は煩わせていいのだろうかと、思わず突っ込みを入れたくなってしまった。

「ですが……ツェリシナ様がそうおっしゃるのでしたら、一度お父様に相談してみようと思います」

「ええ、ぜひそうしてください。案外、父親は娘に相談をされると喜ぶものですよ」

「わかりました！　ありがとうございます、ツェリシナ様」

どうにか一区切りだと、ツェリシナはほっと胸を撫《な》でおろす。

いや、問題は山のようにあるけれど、伯爵が止めてくれたらこちらにもう被害はこないだろう。たぶん。

ヒスイがメリアの下へ行き腰を折り、村の入り口を促した。

「メリア様、馬車までお送りいたします。ツェリシナ様は本日ソラティーク様とお約束されておりますので、申し訳ございませんがこれ以上は……」

「……そうですね。今日は帰って、お父様に相談しようと思います。ご迷惑をおかけしてしまって、すみませんでした。ですが、これからも仲良くしていただけると嬉しいです。ごきげんよう、ソラティーク様、ツェリシナ様」

メリアは申し訳なさそうにしながらも、ヒスイとトーイに村の出入り口まで送られて帰っていった。


大樹の下に残ったのはツェリシナとソラティーク。

そして白い花の咲いた大樹だ。

（ええと、どうしよう……）

とりあえず花が咲いたので、ベイセルの試練はクリアしたことになる。

でも今はそれ以上に、自分自身に何が起きたかわからない。それはソラティークも同じで、もう一度ツェリシナの顔を覗《のぞ》き込んで左目を見た。

大樹の運命が見えた、ツェリシナの左目。ここには鏡がないので、自分で左目がどうなっているのか確認ができない。

「……っ！　ソラティーク様、わたくし」

「さっきは印が出てベビーピンクに変わっていたが、今は普段と同じローズピンクだ。神々の加護かと思ったが、今すぐ判断するのは難しそうだ」

「……はい」

けれど、加護がないと思っていた自分も加護があったのかと思うと……希望が見えてくる。ほんの一瞬だったけれど、嬉しかった。

ソラティークは思案しながらも、今後の方針を提案する。

「一度、大神殿へ行こう。そこで神官に加護の話を聞くのがいいだろう。もちろん私も一緒に行くから、そう不安になることはない」

「ありがとうございます」

確かに、加護を授ける大神殿へ行き話を聞くのがいいかもしれない。ツェリシナは頷《うなず》いて、よろしくお願いしますと微笑《ほほえ》んだ。

「……ひとまず、わたくしたちも戻りませんか？　いろいろあって、少し疲れてしまいました」

「そうだな。屋敷へ戻って、ゆっくり休むのがいいだろう」

「はい」

話がまとまったところで、ちょうどタイミングよくヒスイが戻ってきた。

「ソラティーク様、わたくしは村長に帰宅する旨を伝えてきますから、先に馬車で待っていただいてもいいですか？」

✦ツェリシナ・リンクラート✦

UP! **所有大樹**：Lv.5 ↑
守護神獣：トーイ
所有領地：アルバラード王国リンクラート領第二地区
UP! **領民**：18人 ↑

大樹スキル

UP!	**豊穣の加護** ↑	Lv.3	：大樹の半径500メートルの作物がよく育ち、土の品質アップ
	甘い蜜	Lv.2	：大樹が甘い蜜を発し、蝶々・蜂を惹きつける
NEW!	**魔除けの加護**	Lv.1	：大樹の半径1キロメートルは魔物が来ない
	領地命名		：収穫量がアップ
	神獣の守りし村		：神獣の強さがアップ
	領地の名物		：領地の知名度が上がる

「ああ、わかった」

ソラティークが頷き、馬車に行くのを見送ってからアースガルズシステムを起動する。見ると、レベルアップし新しいスキルが増えていた。

＊＊＊

ぶくぶくぶくーっと、ツェリシナはバスタブの中へ沈み込んだ。今日はいろいろなことがありすぎて、かなりへとへとになってしまった。

しばらく沈み込んで、息が苦しくなって顔を出す。

「ぷはぁっ！　お風呂《ふろ》サイコー」

のんびり足を伸ばしてから、アースガルズシステムを起動する。

「悪役令嬢の領地にしては、順調だよね～」

思わず顔のにやにやが止まらない。

まず、大樹レベルが3から5になっている点。

村に観光客が来るとレベルが4になり、村人を増やすとレベルが5になる。この二点を突破したきっかけは、村に来た商人のニコラスのおかげだ。

彼が観光として来つつ、商談し、従業員を三人村へ移住させたからだ。まずは支店作りをしなければいけないので、商会の支店が運営されるのはもう少し先になるだろう。

新しくゲットした【魔除けの加護】は、大樹レベルが5になったら覚えられるスキル。説明にある通り魔物が来なくなるので、早く取得しておきたかったスキルだ。

レベルは3まであるのだけれど、2にするのに魔物を一〇〇匹、3にするのに一〇〇〇匹倒さなければいけない。

（でも、レベル3になると半径三キロは魔物が寄ってこなくなるんだよね）

ツェリン村には子どもも多いため、安全面を考えると早めにレベルを上げておきたいところなのだが……いかんせん、ツェリシナに戦闘能力はない。

弓の訓練でもして、遠くから弱い魔物を倒すくらいだったらできるだろうか？　これは一度保留にして、ヒスイに相談してみよう。

とりあえず、これが現在の村の状況だ。

蜂蜜《はちみつ》は売りに出していないが、ジャガイモだけでかなりの収益になっているとアントンから話があった。

「あとは……大樹をちゃんと育てることと、私の左目の問題か」

メリアのこともあるけれど……さすがにこればかりは、ベイセルの判断を仰いだ方がいいだろう。ツェリシナが勝手にメリアのことを決めるわけにはいけない。

「……でも、花が咲いた」

ベイセルは、どんな反応をするだろうか。

屋敷にいてほしいみたいだったから、花が咲いたことを喜ばないだろうか。それとも、よくやったと労《ねぎら》いの言葉でもくれるだろうか。

＊＊＊

お風呂から上がり服装を整えたツェリシナは、ヒスイとトーイを連れてベイセルの書斎を訪れた。今回のことを報告するためだ。

扉の前で深呼吸をしてからノックすると、「どうぞ」と父――ベイセルの声が聞こえた。

「失礼いたします」

「ツェリ！」

入った瞬間、普段は厳しい表情の父親がぱっと笑顔を見せた。

（わ、ご機嫌⁉）

いったいどうしたのだろうと思ったのだが、次の一言ですべてがわかった。

「見せてもらったよ、ツェリの白い花を。まさか、こんなにも早く大樹に花を咲かせるとは思わなかった……」

感動したのだと、ベイセルは目に涙を浮かべて今にも泣きそうになっていた。ツェリシナが大樹に花を咲かせたことが、よっぽど嬉しかったようだ。

そのままツェリシナのことを優しく抱きしめて、優しく頭を撫でてくれた。

「それなのに、最初はツェリには無理だと思って厳しく当たってしまって……すまなかったね」

「お父様……いいえ。加護を持たないわたくしを捨てることなく、こうして大切に育てていただいたのです。それだけで、わたくしはとても嬉しいです」

加護のない子どもなんていらないと、捨てられてしまわれてもおかしくはなかったのに。ツェリシナもベイセルを抱きしめ返し、「ありがとうございます」と感謝の言葉を口にした。


落ち着いてからは、ソファで向かい合って座りツェリン村の報告を行った。

ツェリシナなりに詳細に話をしたけれど、白い花をすでに見てきたと言っていたのですべて把握されてはいるだろうなと苦笑する。

メリアのことももちろん話し、自分が対応を行うかベイセルに任せてしまった方がいいかも確認する。

「今後はツェリシナが正式に二地区の領主になるから任せるが、今回は私が対応をしておこう」

「わかりました。ありがとうございます、お父様」

「……サルティマール伯爵とは旧知の仲でね。息子はしっかりしているが、メリア嬢は体が弱かったこともあって……なんでも我儘《わがまま》を聞いているようだ。ただ、ツェリに対する行動は許せるものではないから、しっかり話はつけてこよう」

いつにもまして表情の硬いベイセルに、ツェリシナはただ黙って頷く。さすがに旧知の仲とはいえ、今回のことは目をつぶるには大きすぎた。

そもそも、自分の娘にこんな失礼をされて寛容に笑っていられるベイセルではないのだ。

まったく困ったものだと、ベイセルは目に怒りを残したまま笑う。

「それも、彼の妻が亡くなってからは特にね。……まあ、だからといって彼女が好き勝手していい理由ではないのだが」

ベイセルはサルティマール伯爵にメリアをしっかり教育してほしいようで、近いうちに話をしてくると約束してくれた。

結果は追って教えてもらうことになる。

「わかりました。ですが、メリア様も大変な思いをされていたのかもしれませんね」

「ああ。だからといって、情に流され許すようなことをしてはいけないよ？」

「もちろん、それはわかっています」

そして、一番大事な話が残っている。

「ツェリの左目のことだ。今は普段通りのようだが、大樹に花が咲いたときは違ったんだろう？」

「はい。ソラティーク様が、一度大神殿に行くのがいいと……」

「そうだろうね。ツェリは加護がないとばかり思っていたが、もしかしたらとんでもない神から愛されているのかもしれない」

さすがにそれは大袈裟《おおげさ》では、とは……口にできなかった。選択肢が瞳《ひとみ》に浮かぶあの現象が、すごいという一言では収まらないからだ。

選択肢が見えたとは、ソラティークはもちろんだがベイセルにも言えなかった。

（どうしてあのときだけ選択肢が浮かんだのかもわからないし……）

知りたいことはたくさんある。

大神殿に行けば謎が解けるかはわからないけれど、何かのきっかけは掴《つか》めるかもしれない。

「私もついていきたいが、さすがに仕事があるから長期間は難しい。ソラティーク殿下によくしていただくんだよ」

「はい」

「それから……」

ベイセルは後ろに控えていたヒスイに視線を向ける。そして、いい子に座っているトーイにも。

「二人とも、ツェリにはこれから何があるかわからない。どうか、支えてやってくれ」

「もちろんです、旦那様《だんなさま》。精一杯、ツェリ様のお役に立てるよう頑張ります」

ヒスイがベイセルをまっすぐに見て、必ずと強い言葉を口にする。

そしてトーイはといえば、右前足をシュッと突き出すポーズをとって眉《まゆ》をキリッと寄せてみせた。決め顔だ。

『わふっ！』

「ははっ、なんとも頼もしいな！」

ベイセルはトーイをわしゃわしゃと撫《な》でて、「ツェリをよろしく頼むぞ！」と任せた。

「よろしくお願いしますね、ヒスイ、トーイ」

ツェリシナは心から笑い、今後も村の運営に力を入れようと改めて気を引き締めベイセルの書斎を後にした。

ツェリシナを見送ったあと、ベイセルは一人で大きく息をついた。

「まったく……私の娘は、いつの間にあんなに成長してしまったんだ」

きちんと見ていたはずなのに。

「ツェリシナの言葉遣いが敬語になって、我儘をいっさい言わなくなったのは……加護の儀式からだったか」

ツェリシナは幼いながらに、自分が加護のない異質ともいえる存在だということを理解していたのだろう。

家族どころか使用人にも気を使い、外へ出るとベイセルと敵対している貴族から加護なしと言われてしまうこともあった。それもあり、ツェリシナはずっと引きこもっていた。

「やっと外へ出るようになったのを喜んでいたら、今度は領地がほしいか」

しかも、難しい課題をなんなく達成させられてしまった。加護のないツェリシナには不可能だとばかり思っていたのだが、とても嬉《うれ》しいというのもベイセルの本心だ。

「まだまだ、ツェリは私のことを喜ばせてくれそうだ」

けれど、もし何かツェリシナが傷つくようなことがあれば……絶対に助けようと誓う。そのために、こっそり護衛だってつけているのだ。

「どうかツェリの大樹が、健やかに育ちますように」

そう言って、ベイセルは自身を守護する太陽神ソールに祈るのだった。

＊＊＊

部屋に戻ったツェリシナはネグリジェに着替え、ベッドの中へもぐりこんだ。体にはひどく疲れが溜《た》まっていて、目を閉じたらすぐにでも夢の世界へ旅立てそうだ。

しかし同時に、メリアのことを思い出すとイライラしたものが湧《わ》き起こる。

「……はあ。まさかヒロインがあんなに自分勝手だなんて、ね」

これからもあの調子でツェリン村に来られたら、たまったものではない。アントンには事情を説明して、ツェリシナの不在時に来た際は対応しないように伝えるのがいいだろう。

「まあ、お父様が話をつけてくれるならしばらく接触はないかな？」

そう考えると、気持ちが少し楽になった。

「これからもやることはたくさん。明日も忙しくなりそう……」

けれど、ヒスイに働き過ぎだから休めと言われてしまうかもしれない。その様子が簡単に想像できて、小さく笑いがもれる。

ツェリシナがこれから行っていくことは、大きく二つ。

まず一つは、このまま領地を発展させていくこと。

追放後の拠点にすることは難しいかもしれないけれど、いずれは大きく町まで発展させたい。そうすれば人の流れができ、ツェリシナもいろいろな人と知り合うことができるだろう。

それこそ、村に留《とど》まれなかった際の国外追放後の人脈だって得ることができるかもしれない。

そして二つ目は、大神殿に行き自分の加護を調べることだ。

ただ、運命が見えた……など、本当に大神殿に伝えていいのかは悩むところだ。今まで疎遠だった場所なので、訪問する前に情報収集が必要かもしれない。


「とりあえずは、そんなとこかな……。ソラティーク様とメリア様に関しては、ほっとこう。メリア様に関《かか》わっても、何もいいことがない気がする」

むしろ、婚約者という立場のツェリシナが入ることで、二人の仲がぎくしゃくしてしまうかもしれない。それであれば、遠くから見守るのがいいだろうと思ったのだ。

「ソラティーク様にメリア様のよさを伝えても、意味なかったしね……」

婚約者のツェリシナがいるからか、ソラティークは表面上では常にツェリシナのことを優先してくれている。

ある意味律儀で好感が持てるけれど、厄介なタイプだなとも思う。いっそ勢い任せで婚約破棄を突きつけられた方が楽だったかも……なんて、考えてしまうほどだ。

ツェリシナはぶんぶん頭を振って、「この話はおしまい！」と目を閉じると、すぐ寝息を立てる。

ツェリシナの長い一日が終わりを告げたのだった。

閑話　前例のない加護　――ソラティーク・リリ・アルバラード

自室の机に向かい、王族と領主のみに閲覧が許可された文献を読む。内容は、この国で持つ者が現れた加護について書かれている。

「目に加護を持ったという前例は……なしか」

ほしい情報を得ることができずに、私は大きくため息をつく。すべて見直したというのに、有力な情報はゼロだ。

私が持つ軍神テュールの加護に関してなら、いくらでも……というには語弊があるが、ある程度の情報はあるというのに。

「この国でまだ誰も得たことのない加護……か。もしかしたら、他国を合わせても初めてということだってありうる」

ずっと自分に加護がないことを気にしていたツェリ。そんな彼女が加護を得たことがわかったのだから、きっと嬉しいことだろう。しかし同時に、わからないという不安もあるはずだ。

「……それを私が取りはらってやれたらいいんだがな」

しかし残念ながら、王族の自分ですら情報一つ掴むことができなかった。なんて不甲斐《ふがい》ないのだと、自分の無力さに苛立《いらだ》ちたくなる。

ほかにも、気になることはある。

——ツェリが花を咲かせた、大樹。

「大樹に白い花が咲いたとも、黒い花が咲いたという情報もない……。一体ツェリとメリア嬢の二人に、何が起きてるというんだ」

王太子である自分の手にさえあまるような内容で、頭が痛い。けれど、大切なツェリのためにここで投げ出すわけにはいかない。

「加護のことといえば神殿だから、はやめに大神殿に行くスケジュール調整をつけよう。ツェリもわからないままでは、不安だろうからな……」

しかし、加護なしだと言われていたツェリが本当は加護を持っていたとなると……ひと悶着《もんちゃく》起きるのではないかという懸念がある。

そもそも、加護はすべて神殿で印を授かった際に記録されているのだ。個人情報となるので神殿内でのみ保管して、よほどの理由がなければ王族でさえも見せてもらうことはできない。

「ツェリの加護の儀式を担当した神官か巫女《みこ》か……まあ、そのどちらかが処罰されるという可能性もある」

その理由は、ツェリの加護の印を発見することができなかったから、というものになるだろうか。

しかしそれ以上に心配なことはある。ツェリが神殿に目を付けられてしまうということだ。稀少《きしょう》な加護であれば、神殿は調べたいと主張するだろう。

となると、大神殿に召喚されることになる。

私と結婚し未来の王妃となるのだから、それは無理だ。

「あらゆる可能性を想定しておかないといけないな……」

大神殿に行くまで、少し準備期間が必要そうだと独り言《ご》ちる。文献を閉じて、机の横へ積んでおく。念のため、後でもう一度見直そう。

文献をどけてスペースのできた机に肘《ひじ》を置いて、無意識のうちに祈るように手を組んで言葉がもれた。

「ツェリは必ず私が護《まも》る……」

あとがき

初めまして、またはこんにちは。ぷにです。『加護なし令嬢の小さな村～さあ、領地運営を始めましょう！～』をお手に取っていただきありがとうございます。

ＷＥＢでの連載時からたくさんの応援をいただき、こうして本の形にすることができました。更新を待ってくださっていた皆様、本当にありがとうございます……！

本作は、今まで自分は価値のない人間だと思っていた主人公ツェリシナが、力に目覚め強く生き抜いていくお話です（もふもふトーイもいますよ！）。

そして帯で告知させていただいている通り、祝・コミカライズ決定！　です。詳細は追ってお知らせいたしますので、楽しみにお待ちいただけると嬉《うれ》しいです。

担当のＹ様。ゲームシステムデザイン等、たくさんお世話になりました。ありがとうございます。

イラストを担当していただいた藻《も》様。とても楽しそうなツェリシナに、ヒスイや野菜やフラワービーと、華やかな表紙にしていただきありがとうございます！　とても可愛《かわい》いです。

そして本書に関わってくださったすべての方と、読者の皆様に最大限の感謝を。

ぷにちゃん

お便りはこちらまで

〒102－8078
カドカワBOOKS編集部　気付
ぷにちゃん（様）宛
藻（様）宛

カドカワBOOKS

加護《かご》なし令嬢《れいじょう》の小《ちい》さな村《むら》
～さあ、領地《りょうち》運営《うんえい》を始《はじ》めましょう！～

2019年11月10日　初版発行

著者／ぷにちゃん

発行者／三坂泰二

発行／株式会社KADOKAWA

〒102-8177
東京都千代田区富士見2-13-3
電話／0570-002-301（ナビダイヤル）

編集／ビーズログ文庫編集部

印刷所／大日本印刷

製本所／大日本印刷

ISBN 978-4-04-735816-4 C0093

「盾」に転生してしまった私――
優しい第六王子を守り抜いて見せますっ！
緑王の盾と真冬の国
ぷにちゃん
ill. 緋原ヨウ
盾に転生した私が目覚めたのは、一年中雪が降りそそぐ真冬の国だった。
「汚らしい盾だ」と言われ、誰にも見向きされない私に手を伸ばしてくれたのは、
心優しい第六王子で――。「ずっと、私が守ってあげるよ！」
①～②絶賛発売中!!
カドカワBOOKS
四六単行本